講談社文庫

# 殿、恐れながらブラックでござる

谷口雅美

講談社

# 殿、恐れながらブラックでござる

# 一・天命

寛文《かんぶん》四（一六六四）年、江戸は目白《めじろ》の昼下がり、新緑を揺らした風が浄晃寺《じょうこう》の本堂を撫《な》でていく。戸《と》ノ内《うち》兵庫《ひょうご》は碁盤を挟んで向かいに座る侍を見つめた。

俯《うつむ》き加減の侍は、弄《もてあそ》んでいた白い碁石をぐっと握り込むと、絞り出すような声をあげた。

「主《あるじ》替えを、したい。もはや、あの殿にはついていかれぬ……！」

兵庫は握り込まれた拳を見つめる。力を入れ過ぎて白くなっている親指の爪は歯で噛《か》みむしったのか、ギザギザになっている。

「ずいぶんとご心労がたまっておられますね」

戸ノ内兵庫がそう呟《つぶや》いて顔を覗《のぞ》き込んだ途端、碁盤を挟んだ相手は「そうなのだ！」と身を乗り出した。古い貧乏寺の本堂の板がギシリと嫌な音を立てたが、相手は気にも留めないようだ。それどころか、目的のはずの碁の指南などどうでもいいと言わんばかり。碁盤をどけて、膝《ひざ》で詰め寄った。

「我が殿は癇癪《かんしゃく》持ちで気の休まる暇がない。気を回せば余計なことをするなと叱《しか》られ、何もせねば気が利かぬと怒鳴られ……もうどうしてよいのやら」

兵庫も思わずため息をついた。同じ大名家の家臣から何度、同じ相談を受けたことか。

侍はすがるような目を兵庫に向けた。

「戸ノ内殿。他家では毎日、出仕せずともよかったのですぞ。それなのに我が殿は……鍛錬はやればやるほどよいのかもしれぬが、私はもう不惑。正直、身体《からだ》が持たぬ。しかし、私より年長の殿が激しい鍛錬をなさっているため、文句も言えず」

この侍が仕えている尼崎の殿さま・青山大膳亮幸利《あおやまだいぜんのすけよしとし》はまもなく知天命、齢《よわい》五十だ。

「殿の頭の中には武術しかない！　明けても暮れても鍛錬鍛錬……！　鍛錬したところでいつ使うともわからぬのに！」

「徳川《とくがわ》も四代目となると、戦の機会などほとんどありませんしね」

「そうなのです！　まったく、うちの殿は時代が読めぬから！　鍛錬でできた傷の手当てをしようにも、内職する暇もないから医者代や薬代の払いすら滞りがちで。うちの妻など実家に借金を頼み込み――」

目の前の男は、他の家臣たちと同じようにひとしきり不満を吐きだし、「ついては、もう少し楽な勤めがあれば、お知らせいただきたい」と頭を下げ、昼八つの鐘を潮に慌《あわ》ただしく出て行った。

碁石を片付けていると、作務衣《さむえ》を着た小柄な僧侶が足音荒くやってきた。

「兵庫。いまの客、火急《かきゅう》の話はなかったか」

「ないな」

殿が横暴などという話はよくあることである。火急ではない。

「そうかよ。で、いくら金子《きんす》を置いてった？」

言いながら掌を突き出す。出せ、ということだ。僧侶というより、ならず者の如《ごと》き所作《しょさ》であるが、貧乏寺故、仕方がない。兵庫は首を振った。

「話を聞いただけで金が入るわけがなかろう」

「囲碁指南代ぐれぇ取れよ！」

呆《あき》れ顔の徹心《てっしん》が兵庫を睨《にら》み下ろす。

「まあまあ。今日はご寄進があるのだから、よいではないか」

徹心は舌打ちしたものの、「だったら、早く取りに行けよ」と碁笥《ごけ》を奪い取った。片付けてくれるらしい。

割合とマシな見栄えの袴《はかま》を引っ張り出して着け、出かけようとすると、「大小忘れてやがるぞ、馬鹿野郎！」と徹心に怒鳴られた。

「どうせ、抜かぬのだから、なくてもいい」

「大小持たない侍なんぞ、こっちが見てて落ち着かねぇんだよ！」

徹心は小柄だ。兵庫と並ぶと、まるで大人と子どもだが、その三白眼《さんぱくがん》は鋭い。

渋々、慣れた手つきで刀を差すと、兵庫は「では、行って参ります」と御本尊に頭を下げた。

兵庫が江戸川沿いにある水戸《みと》留守居役の邸《やしき》に着いたのは、約束の八つ半ごろ。額に滲《にじ》んだ汗を手拭いで拭う。

新緑が目に眩《まぶ》しい。兵庫が邸の壁を背に、掌で目の上にひさしをつくったとき、大きな風呂敷《ふろしき》包みを抱えた女が出てきた。サヤだ。

この邸で奥勤めをしているサヤは、兵庫より二つ下の二十四。丸顔のせいで年より若く見えるが、色白の肌に口元の黒子《ほくろ》が映え、妙に色っぽい。

「兵庫さま、お待たせいたしました」

「いえ、私も着いたばかりです。お持ちいたしましょう」

遠慮するその手から風呂敷包みを受け取った拍子に、白粉《おしろい》なのか、着物に焚《た》き染《し》めた香なのか、フワリと良い香りがして、兵庫は顔を赤らめた。

「毎月こうして警護のお手を煩《わずら》わせて、申し訳ありません」

「いくら、サヤ殿が剣術の心得があるとは言え、女子の独り歩きは危険ですので。特にこのように高価なものを届けるとなると」

風呂敷包みの中身は高価な巻紙だった。寄進された寺は、これを金に換える。

「かつての同輩を疑うわけではありませんが、毎月、留守居役を通じて浄晃寺が高価な寄進をいただいていることを知っている者もおります。中にはよからぬことを考える者がいるやもしれませぬ。それに――」

「それに？」

二人きりになれるこのひとときを、毎月心待ちにしておるのです、という言葉を兵庫は飲み込んだ。

「いえ……遅くなるといけません。急ぎましょう」

浄晃寺門徒の後家たちから「役者のよう」と評される男ぶりにもかかわらず、兵庫はかなりの奥手だ。サヤもこちらを悪《あ》しからず思っている様子だが、どうしても一歩が踏み出せないでいる。

初夏のさわやかな風が吹き抜け、サヤのおくれ毛がふわりとなびく。それだけでまたドギマギしてしまった兵庫は、「よい風ですね」と土手に目を移した。

長閑《のどか》な土手縁だが、遊びに興じている子どもらの姿も、句を詠みに来ているご隠居連中の姿もない。その代わり、目つきの鋭い牢人《ろうにん》や、月代《さかやき》も髭《ひげ》も伸び放題で虚《うつ》ろな目をしている男の姿がチラホラあった。行きかう人々も、因縁をつけられないように、と自然、速足になっている。

ひと際目つきの悪い牢人が、サヤに無遠慮な視線を向けながら通り過ぎていく。

サヤが兵庫にだけ聞こえる声で囁《ささや》いた。

「近頃、一段とああいう者たちが増えましたね。改易が続いて、再出仕が叶《かな》わぬ者が多いとか」

「先行きが見えぬ不安から、よからぬことを考える輩《やから》もおると専《もっぱ》らの噂《うわさ》ですね」

「水戸のお殿さまも忙しくしておいでのようです」

少し躊躇《ためら》うような様子を見せたあと、サヤはチラリと兵庫を見た。

「兵庫さまはいつ、国にお戻りになるのですか？」

「さて。こればかりは私にもさっぱり」

まるで他人事《ひとごと》のような口ぶりに、サヤは黙ってしまった。せっかくのひとときが台無しである。何か女子が喜びそうな話を、と思ったとき、サヤがついっと指を上に向けた。

「まあ、見事な藤の花！」

商家の裏庭に植わっている藤は、枝が塀を越えているが、道行く人の目を楽しませるためか、そのままにされていた。垂れ下がった藤の花はまるで、滝壺に流れ落ちる水のようだ。ざぁっと風が吹くたび、紫色が羽衣のごとく揺れる。確かに壮観だった。

「そういえば、幼き頃、よく藤の実を探して歩きましたよ。ぶら下がっているサヤ……あ、サヤ殿ではなく」

わかっております、とサヤが笑った。

「そのサヤを割って、中の白っぽい実を炒《い》って食べるのですが、これがなかなか美味なのです。あ、いや、せっかく愛《め》でておられるのに無粋なことを」

「いえ。花より団子。美味ならば一度、食してみたいものです。ご馳走《ちそう》していただけますか？」

「是非に、と申し上げたいところですが、サヤがなかなか手に入らないのです」

「あら、なぜですか」

「藤の花はサヤができては、つまり、実ができてしまっては翌年の花の出来に障るのです。だから、サヤができぬよう、盛りが過ぎるとすぐ花ガラを摘んでしまうのです。あ、いや、だからと言ってサヤ殿が盛りを過ぎているというわけではなく」

「兵庫さま……それは言わないほうがようございます」

サヤはぷくっと頬《ほお》を膨《ふく》らませたけれど、本気で怒っているわけではないようだ。目が笑っている。

「申し訳ない」と頭を下げかけたとき、背後に嫌な気を受けた。振り返らずともわかる。先ほどすれ違った牢人が踵《きびす》を返し、二人のあとを尾《つ》けてきているのだ。

「……少し急ぎましょうか」

多摩《たま》の剣術道場で生まれ育ったサヤも敏感に感じ取ったらしく、正面を向いたまま、兵庫に囁く。

「先ほど、すれ違ったお方でしょうか？」

「恐らく」

いま歩いているのは人通りの多い堤だが、間もなく、材木問屋が連なる通りの裏筋に入る。それが寺への近道なのだ。だが、裏筋では、何かあったとしても表の喧噪《けんそう》にかき消され、助けは期待できない。

歩みを速めた二人に、牢人が聞こえよがしの舌打ちをして足を止めた。同時に、背中に張り付いていた嫌な気も薄れた。

——もう大丈夫か。

遠回りすることを考えていた兵庫は、ふっと肩の力を抜いた。やはり近道を通り、できるだけ早く寺に戻ったほうがよい。

サヤに目配せをして、いつもの道を選ぶ。木の香りが強く漂う材木問屋や樽《たる》屋の裏筋を行き、突き当たりを左に曲がれば、寺の裏門までは一直線だ。

だが、角を曲がったところで兵庫は足を止めた。行く手には墨染の着物を着た牢人が一人立ち塞がっている。振り返れば、先ほど追尾を諦めたはずの牢人が、ニヤニヤ笑いながら足早に近づいてきていた。

——挟まれた。

兵庫はサヤの腕を取り、そのまま足を進めた。ついでに立てかけてあった材木の束を踵《かかと》で蹴り倒し、追手の行く手を塞いでおく。

「サヤ殿。これを頼みます」

風呂敷包みをサヤに押し付けると、兵庫はサヤをかばうように墨染の男に対峙《たいじ》した。

見ただけでわかる。相手の気も足の運びもたいしたものではない。兵庫は腰のものに手をかけた。抜かないまま、低い姿勢で呼吸を整え、間合いをはかる。

丹田《たんでん》に力を込め、目で男を威圧すると、女連れの若輩者と甘く見ていたらしい男が一瞬、くっと顎《あご》を引き、半歩下がった。

男が刀の柄に手をかけようとした瞬間、兵庫は低い姿勢で突進し、みぞおち目掛けて拳を入れる。

「ぐふっ」

まさか体術でくるとは予想もしなかったらしく、男は兵庫の背中に崩れ落ちてきた。呻《うめ》きながらも本能的に刀に伸ばす手をつかみ、兵庫は男の身体を柔術の背負い投げの要領で力いっぱい投げつけた。投げた先は石造りの井戸だ。

鈍い音と共に背を井戸の縁に打ち付けた男が、ズルズルと地面に崩れ落ちる。

「兵庫さま……！」

安堵《あんど》の表情で兵庫に駆け寄ろうとしたサヤだったが、「あっ」と店の板壁に手をついた。先ほどの牢人が足元に差し入れた角材につまずいたのだ。包みを落としかけて慌てたサヤの肩を、牢人がすかさずつかみ、自分のほうへ引き寄せた。

「兵庫さま……」

サヤの声が震えているのも道理だった。白い首筋に、刀の刃が当てられている。兵庫を睨む男の眼は血走っていた。

「おい、起きろ。行くぞ！」

井戸端で呻いている仲間の足を男が蹴飛ばした途端、刃先がサヤの首筋に当たった。プツッと小さな血の球が白い肌に浮かび、タラリと垂れた。

それを見た瞬間、兵庫の脳裏に幼い頃の記憶が蘇《よみがえ》った。覆いかぶさってきた影、降り注いだ血の雨——。

男を睨みつける兵庫の額に、汗がどっと噴き出した。抜くべきだとわかっているが、抜きたくない。

乱れかけた呼吸を整える。奴《やつ》がサヤを連れて立ち去ろうと動いたとき、絶対に隙はできる。やはり、抜かないと開き直った瞬間、汗が引いた。

「なんだ、てめぇ、刀を抜けねぇのか。貧乏すぎて売っ払っちまって、竹光《たけみつ》か？　それとも腰抜け野郎か」

サヤの肩をつかんだまま、男がニヤニヤと笑う。

「まあ、恨むなら臆病者の己を恨むんだな。少々おぼこくて俺はあまり食指は動かんが、こういうのが好きな旦那衆もいるからな。高く売りつけてやる。せいぜいかわいがってもらえ」

「嫌です、堪忍してください……」

サヤは左手で包みを抱えたまま、右手で顔を覆った。男がニヤニヤ笑いながら肩を抱く。

「おいおい、泣いたってどうしようも」

言葉が途切れた。男がヨロヨロとサヤから離れる。

「な、な……」

鎖骨の下辺りに突き刺さった懐剣を、男が震える手で抜こうとしている。

「兵庫さま!」

呆気《あっけ》に取られている兵庫の手を、サヤがぐいっと引っ張った。兵庫は足をもつれさせながら、サヤに引っ張られるように寺までの道を駆けた。

「急所は外したつもりなのですが……人を傷つけた身で寺に立ち入ってしまい、申し訳ございません」

サヤが浄晃寺の住職、練宗《れんしゅう》に頭を下げた。男たちが追ってきたときのために、本堂の戸はすべて閉め切っている。

「いやいや、お気になさるな。どうせ我らとて清廉潔白《せいれんけっぱく》には生きておりませんでな。それよりも、血は止まったかいの？」

「はい、さほど深い傷ではないですし、いただいた血止めの軟膏《なんこう》が効きました」

念のために、と首に巻かれた布が痛々しい。

「傷が残らねばよいのだが……サヤ殿、申し訳ございませぬ」

兵庫は深々と頭を下げた。

「いえ、大したことではございませんし、国元にいる頃、父にしごかれていたときのほうが痛かったです」

サヤの父は多摩で剣術道場をやっていて、一回り下の弟が生まれてくるまで後継者として育てられていた、と聞いたことがあった。

「お転婆《てんば》すぎて……行儀見習いをしてきなさい、と江戸にやられた次第で」

恥ずかしそうにサヤが俯いた。

「此度《こたび》はサヤ殿の機転に救われた。刀を抜かずともなんとかなる、とタカをくくった私の不徳の致すところです」

そのとき、徹心が近づいてきた。

「追ってきてるような奴はいなさそうだ。ついでに駕籠《かご》も呼んでおいたから、それで帰らせるんだな」

「かたじけない」と頭を下げた兵庫の月代を徹心はペチリと叩《たた》き、「おサヤ、災難だったな。こいつは頑固者なんだよ。刀を抜かねぇと決めてるんだ」

サヤが首を傾《かし》げた。

「抜かないと決めているのは何故《なぜ》ですか？　相当の腕前でいらっしゃいましたよね？」

「おいおい、おサヤ。ずいぶん兵庫のことに詳しいな。アンタがあの邸に住まうようになったのは、前の留守居役が致仕《ちし》したあとだろ。書院詰めに変わったコイツの腕前なんぞ、知る由もねぇはずだろうが」

少々険のある言葉にサヤは目を丸くしつつ、頬を両手で押さえた。

「あの……実は父について小石川の道場に出稽古《でげいこ》にきたことがございまして。そのとき、太刀筋が非常に素直な方がおられる、と注目しておりました」

「なんでぇ。それで惚《ほ》れちまったってことか」

兵庫が「えっ」とサヤを見て、サヤは「徹心さん……！」と真っ赤な顔で徹心を睨んだ。

「兵庫。そろそろ駕籠がくるだろう。そこまでお送りしなさい」

練宗に促《うなが》され、お互い頬を赤らめたまま、兵庫とサヤは本堂から出た。

初夏の落日は遅い。寺の門前に立った兵庫は落ち着きなくサヤの横顔を見つめた。夕陽《ゆうひ》に照らされてサヤのおくれ毛が金色に光っている。

何か気の利いたことを言えば、関係も深まるかもしれない。だが、牢人で寺の居候という立場で厚かましすぎるのではないか、と躊躇う気持ちもある。

「剣の心得がおありといえども、刀を向けられてさぞ恐ろしかったでしょう。改めてお詫《わ》び申し上げます」

頭を下げかけた兵庫に「およしになってください」とサヤが止める。

「ねぇ、兵庫さま。私は幼い頃、剣のお稽古が好きではありませんでした。でも、今日は習っていてよかった、とつくづく思いました。兵庫さまの信条を破ることにならずホッとしております。武士が刀を抜かぬ、と決められたからにはよほどのことがあったのだと存じます」

「……幼い頃、人が人を斬るのを間近で見たことがあるのです。鬼の如き形相でした。とてつもなく恐ろしかった。刀そのものは美しい。刀で人を傷つけたり命を奪おうとする心根が鬼なのです。私は鬼にこの身体を明け渡したくない。刀を抜かぬ侍など、侍失格でございましょうが」

自虐的に微笑《ほほえ》むと、サヤも微笑み返した。

「それの何が悪いのですか。適材適所でございましょう？」

言った途端、サヤの顔が輝いた。

「私はこれまでずっと、父や道場の都合で振り回されてきましたが、やっとわかりました。私が剣の道に触れたのは、兵庫さまが刀を抜かぬよう、お支えするためではないでしょうか？」

はしゃいで見せたものの、率直な物言いをはしたないと思ったのか、サヤが袂《たもと》で口元を隠した。はしたないどころか、その心持ちが嬉《うれ》しかったけれど、どういう言葉を返せばよいのかわからない。

「サヤ殿――」

掠《かす》れた声で呼びかけるのがやっとだった。見つめ合う二人のもとへ、駕籠かきが軽快な足取りでやってきた。

駕籠に乗り込んだサヤが、真っすぐに兵庫の目を見つめてくる。

「兵庫さま。刀を抜かないお侍さまがいてもよい、と思います。刀を抜かないで世に尽くすことが兵庫さまの天命であるならば、私もお手伝いしたいです」

「私の、天命」

兵庫の呟きに、サヤがコクリと頷《うなず》いた。

駕籠を見送ったあと、兵庫は山門脇に立てかけられている端材に目をやった。看板の体《てい》で、中央には『囲碁指南致します』、右端に窮屈そうに『出仕、主替え相談』の二行が、達筆ながら少々固い筆遣いで書かれている。

近頃は囲碁の指南よりも、新天地を求める相談が多い。愚痴《ぐち》はもちろん、上役や殿の悪口、政にまつわる噂話も入ってくる。

極々稀《まれ》なことではあるが、それらが兵庫の生殺与奪《せいさつよだつ》を握っている『彼《か》の方《かた》』の役に立つこともあるらしい。

「はてさて、これが天命に繋《つな》がればよいのだが」

独《ひと》り言《ご》ちながら、兵庫は庫裡《くり》へ戻った。

## 二 天下泰平

紫陽花《あじさい》がぐんぐんと緑の茎《くき》を伸ばし始めた頃、一人の男が寺にやってきた。

次の客が来るまでの間、本堂の縁で詰碁をしていた兵庫は、親し気に声をかけてきた猫背の男に目を見張った。

「兵庫、久しいな」

「多聞《たもん》殿……！　いつ江戸に？」

同輩だった門脇《かどわき》多聞は、上役の留守居役・大庭《おおば》善右衛門《ぜんえもん》が致仕する際に、側《そば》仕えを命じられ、水戸に引きこもっていた。

江戸詰めの頃、多聞の評判はよくなかった。上役に気づかれないように手を抜くのがうまい上、十も年下の兵庫相手に碁を打つときも、「では、七子局で」と実力差以上の置き石をして「あの兵庫に勝ったぞ」と自慢する。

その小狡《こずる》さと、猫背で前歯が出ている見た目から「鼠《ねずみ》」と揶揄《やゆ》されていたが、兵庫は軍学に滅法《めっぽう》強い多聞から話を聴くことを楽しみにしていた。

「お変わりなくて何よりです」

「兵庫はまた背も伸び、男ぶりが上がったな。近頃は牢人どもの相談役なんぞをやっておるそうじゃないか」

「そんな大仰《おおぎょう》なものではありません。愚痴の聞き役ですよ。ときに多聞殿、此度は大庭さまのお供ですか」

「いや……ワシだけじゃ。実は、そのことでおぬしに相談がある」

そう言うと、多聞は本堂前の縁に上がり込んだ。

「大庭さまは持病があるし、頭のほうも近頃はぼんやりされている。もう長くないと覚悟されたようでな、他家へ移ってもよい、とお許しを得た」

多聞はニタリと笑った。

「牢屋《ろうや》の如き日々から、やっと出られるというわけだ！　ワシを飼い殺しにしたこと、水戸はいずれ後悔するだろう」

「多聞殿。口が過ぎますぞ」

やんわりと窘《たしな》めると、多聞はさすがに気まずそうに鼻の下をこすった。

「うむ。まあ、自業自得の向きは多少あるからな。それに田舎暮らしの間、山ほど書を読んだ。軍学はもちろん、火薬の調合や薬草などにも詳しくなったぞ。三十も半ばを過ぎたとは言え、ワシを欲しがる大名はおるだろう」

「そうですね……ただ、近頃は出仕を願う者も多く、職にあぶれた牢人者がウロウロしております」

「尼崎の青山家が牢人を広く募っていると聞いたが、あそこはどうだ？」

うーん、と兵庫は腕を組んだ。兵庫のもとに愚痴を吐きに来る青山家の家臣が多い。あそこはかなり難あり、と兵庫は見ている。

「青山家が急ぎ人をかき集めているのは事実です。出仕は叶うでしょうが、お勧めはいたしません」

「ほう、なぜだ」

「青山大膳亮幸利さまは大層な癇癪持ちで、逃げ出す者が後を絶たぬのです」

「なんじゃ、癇癪持ちぐらい」

多聞はカッカッカッと笑った。

「おぬしも知っての通り、ワシの経歴も大いに難あり、じゃ。幸い、青山家は出自をあまりうるさく問わんというではないか」

ここで多聞は声を潜《ひそ》めた。

「逃げ出す者が後を絶たないというのは言い訳で、実のところ、謀反の企みで牢人を集めているのではないか？」

なるほど、そう取る者もいるのか。兵庫は苦笑しながら首を横に振った。

「青山さまは屈指の譜代大名ですから、謀反は考えづらいですね。やや強引に城の改築工事をしているようですから、そちらで人手がいるのかもしれません」

「ほぉ、城の改築か。願ったり叶ったりだ。ワシの知識が役に立つ。出世も容易であろう」

兵庫は迷ったものの、聞き知っていることを正直に告げた。

「申し上げにくいのですが——大膳亮さまは中身よりも見た目を重んじるようです」

「なるほど、ワシの面相と体軀《たいく》では難しいか」

多聞は「鼠」と揶揄される自分の顔をピシャリと叩いた。

「それは直しようがないな。兵庫、他に出仕が叶いそうなところを知っておったら教えてくれぬか。ワシは独り身だから遠方へも行ける。まあ、贅沢《ぜいたく》を言わせてもらえるならば、京生まれだから西国がよい。父母の墓も縁者に任せっきりなのでな」

兵庫は碁石を指先でクルクル弄んだあと、ポツリと口にした。

「赤穂《あこう》の浅野家はどうでしょうか——あそこは築城から三年ほど経《た》ちます。築城に際して知恵や力を貸した江戸の者たちが、そろそろ戻りたい頃合いではないでしょうか」

「なるほど。空いた席を狙えばよいということか」

「ただ、浅野さまは外様《とざま》なので……御三家の水戸からでは少々格が落ちます」

「格なんぞにこだわる立場ではない。それに、赤穂にはかの有名な山鹿素行《やまがそこう》殿の教えが広まっているらしい。ワシに合っているかもしれぬ」

山鹿素行は非常に博識で、泰平の世で武士があるべき姿を解く人物だが、朱子学を批判して、ご公儀から睨まれている。素行が江戸に戻った後も、赤穂には将軍家の方針に反発する者が多い、と専《もっぱ》らの評判だ。

「赤穂の殿さまについて何か知っておるか？」

「女遊びが過ぎるようですが、その分、家老の方々がしっかりしておられるとか」

「それはよい。しっかり者のご家老であれば、ワシの真価も発揮できよう」

そう嘯《うそぶ》き、「またくる」と寺を後にした多聞だったが、早速、自ら売り込みに行き、浅野家の空いた席にうまく滑り込んだ。

目出度《めでた》いことではあるが、思いがけない高禄《こうろく》に浮かれた多聞が、「兵庫に相談に乗ってもらったおかげだ」と吹聴してしまった。そのため面識も紹介もない牢人までが寺に来るようになった。

挙句、いくつかの大名家からも「よき者がおれば、是非、我が方に！」と酒や米を携えて頼みに来る始末。「お約束できませぬ故」と受け取りは断り、話だけを承《うけたまわ》ったため、徹心に「かすみを食って暮らすつもりか」と嫌味を言われてしまった。

そんな折、多聞がまた寺へ現れた。殿の参勤を待たず、赤穂の国許《くにもと》に出仕することになったらしい。

「礼だ」と徳利《とつくり》をつきつける多聞に、兵庫は愚痴をこぼした。

「多聞殿。此度のご出仕を私の手柄のごとく触れ回っていただいては困ります。この酒もいただく筋合いは」

押し返そうとした徳利を、徹心が「迷惑料だ」と横から受け取ってしまった。

翌日、多聞は意気揚々と赤穂へ旅立って行ったのだった。

## 三、青山家・江戸下屋敷へ

　多聞が旅立つ少し前――青山家江戸下屋敷の庭では、花が散り終わった藤が緑の葉を風になびかせていた。青山大膳亮幸利は息子・青山大蔵少輔《おおくらのしょうゆう》幸実《よしざね》が点《た》てた茶を飲み干すと、妻・琴《こと》にしかめ面を向けた。

「琴。膝を貸してくれ」

　また始まった、と幸実は内心苦笑しながら、戻された茶碗《ちゃわん》の汚れを茶巾で丁寧にぬぐい取る。

　幸利が任されている領地は江戸から遠い。父が江戸にいる間は息子が、息子が江戸にいる間は父が尼崎を治めている。幸実は数日前に江戸へ戻ったばかりだが、ご公儀の要職についている幸利の出立はまだ先だ。二人が江戸にいる間は、家老の一人、佐《さ》藤仁《とうじん》右衛門《えもん》が尼崎城を守っている。

　将軍・家綱に帰府の挨拶を済ませた幸実は、道中見聞きしたことや、尼崎の様子などを母に話して聞かせようと茶席を設けたのだが、幸利が聞きつけて乱入してきた。

「茶室ではなく、座敷にしろ」

そう言い出したのは、風雅を愛でるためではない。琴に膝枕をねだるには茶室は狭いからだ。

「どうぞ」

琴が膝に置いていた手をどけると、うむ、と相変わらずのしかめ面が膝の上にゆっくりとのせられた。

幸利は尼崎へ帰国する日が近づくと、琴にこんなふうに甘える。と言っても、出立はまだ、ひと月ほど先のことなのだが。

家臣に吠《ほ》えまくっている、虎のようないつもの姿はどこへやら。まるで猫のようにスリスリと琴の膝に頬をすり寄せる。息子の目があろうとなかろうとお構いなしである。あと二年で齢五十になろうというのに、まるで五つの子のようだ。

「琴。おまえとまた、しばしの別れじゃな」

「そうでございますねぇ。寂しゅうございます」

母上はすごい、と幸実が思うのはこういうところだ。輿入《こしい》れして二年足らずの幸実の妻・絹《きぬ》でさえ、ここまで甘やかしてはくれない。

腕を優しく撫でさする琴の手を、幸利がぎゅっと握ったのを、幸実は見て見ぬふりをする。無骨な幸利の言動は、いつも直接的で趣《おもむき》がない。大名にしては珍しく側室を持たないが、それが歌のひとつも詠まない幸利の情の示し方なのかもしれない。

側室がいないせいで、虚弱な幸実ひとりに世子の重責が背負わされているのだが、そのことを気にする様子もない。

「殿、よろしいですかな」と次の間から声がかかり、幸利は身体を起こした。

「なんじゃ」

不機嫌な声色にも臆さずに入ってきたのは、江戸の留守居役・朝比奈《あさひな》藤兵衛《とうべえ》だった。幸利の乳兄弟である藤兵衛は、幸利の大声に怯《おび》えない数少ない家臣だ。

「此度、当家預かりになった牢人の名簿でございます」

「おお、そうか。見せてみよ」

紙をめくっていく幸利の眉間に、深い皺《しわ》が刻まれた。

「藤兵衛。この続きは」

「ございませぬ。そこに記した、二十名のみでございます」

幸利は大きな目をギョロッとむいた。

「ワシが江戸におる間に六十は集めろと言うたはずじゃ！　そもそも、先だって聞いた四十から何故減っておるのじゃ！」

「横槍《よこやり》を入れた者がおりまして」

「横槍だと？」

「牢人たちに、殿を貶《おとし》めるようなことを吹き込んだ者がおります」

　幸利の顔が朱に染まり、またもや吠えようとしたとき、幸実は好奇心を抑えられず、口を挟んだ。

「その者はなんと申しておるのだ？」

　藤兵衛はチラリと幸利を見た。幸利が顔を引きつらせながら言う。

「構わぬ。申せ！」

　ひとつ咳《せき》ばらいをして、藤兵衛は口を開いた。

「戦好きの殿さまの御意向で、尼崎では力自慢ばかりが引き立てられる」

「力ある者を引き立てて何が悪い」

「休みを取らせない」

「取らせておるであろう！　身体が鈍るから鍛錬をさせているだけじゃ。そもそも、戦場で『昨日戦《たたこ》うたので、本日はお休みいたしまする』『腰が痛いので戦はやめておきましょう』『内職が間に合わぬので、そちらを優先します』などということが、通用するか！」

「父上。いまは戦時ではござりませぬ」

藤兵衛が淡々と続ける。

「まだございます――腕力のある者が取り立てられるため、殿も家来も、頭が空っぽである、と」

怒鳴ろうとした幸利に、藤兵衛は素早く「続きがございます」と囁いた。

「泰平の世で役にも立たない武術ばかりさせられ、怪我《けが》をする者が後を絶たない、と」

「尼崎城は西の守りの要《かなめ》ぞっ。大坂城を守るという大切な役目があるのだ、鍛錬するのは当然であろうっ」

「私が申した言葉ではございません。まだございます」

「なんじゃっ」

「殿は事あるごとに家臣を脱がせて肉付きの品定めをし、好みの若者に夜伽《よとぎ》をさせる――」

「たわけたことを！　濡《ぬ》れ衣《ぎぬ》じゃっ」

口角泡を飛ばす勢いで幸利が怒鳴り、琴に顔を向け、少々抑えた声で「濡れ衣じゃからな」と念を押す。

「それと」

「まだあるのかっ」

「家臣や領民が少しでも贅沢をすると問答無用で処断するほど、狭量な吝嗇《りんしょく》家だとか」

「吝嗇ではない、節約だっ。万一の時に備える！　それが侍のあるべき姿であろう！

贅沢よりも、馬や鉄砲を揃《そろ》えるほうが先じゃっ」

「その他にはなんと言われておるのじゃ？」

幸実が問うと、藤兵衛は「主なところは申し上げました」と笑顔で言い切った。

「とにかく、そのような殿には仕えたくない、と致仕を願い出る者が後を絶たず、新たに出仕を望む者も減った次第です」

幸利はこめかみをピクピクさせながら吠えた。

「どこのどいつじゃ、そんな戯言《たわごと》を吹き込む奴は！」

幸実はぐっと丹田に力を込めた。自分ももう二十六。いつまでも父の怒声に怯えているわけにもいかぬ。なにせ、世継ぎなのだから。

「父上。あながち、戯言ではございますまい。先ほど申し上げたように、もう戦国の世ではないのです。父上のお考えでは若い者はついてきませぬ。牢人たちが巷《ちまた》に溢《あふ》れて狼藉《ろうぜき》を繰り返しているのも、そもそもはご公儀が、父上のようなお考えだからではありませんか」

「虎助《とらのすけ》！」

怒声でビリビリと空気が震える。久しぶりに幼名で怒鳴られ、幸実は身を縮めた。

「おまえはまだそんなことを言うておるのかっ。おまえのせいで、青山家改易の恐れがあったのを忘れたかっ。貴様も父親になる身ならば、口を慎めい！　家を取り潰される真似《まね》だけは決して許さぬぞっ」

間もなく生まれてくる子のことを言われて、幸実は丹田から力が抜けていくのを感じた。

「出かけるっ」

すっくと立ちあがった幸利は足音荒く、廊下へ出ていく。

「殿。どちらへ」

「決まっておろうっ。その噂の出どころを叩き斬るっ」

言いながら歩いていくものだから、最後の「叩き斬るっ」を聞いた者たちは腰を抜かしたであろう、と藤兵衛は苦笑した。

幸実がソワソワしながら言う。

「藤兵衛。殿が市中で刃傷沙汰《にんじょうざた》というのも、改易の理由になるのではないのか」

若殿の心配はこれにつきる。いずれは一人息子である己が跡を継ぐ。そうなれば、父の方針を変えられる。だが、それも青山家があってのことだ。不祥事で改易されては困る。

「市中でいきなり斬りかかったりはされませぬよ。案外と冷静なお方ですから」

そのとき、それまで黙っていた琴が口を開いた。

「殿は噂の出どころがどこのどなたか、ご存知なのでしょうかねぇ」

ご存知なはずがない。藤兵衛が「あっ」と声をあげるのと同時に、玄関口から「藤兵衛！　案内せんかぁっ」という大声が聞こえてきたのだった。

## 四．斬り捨て御免

兵庫が、徹心とともに庫裡の台所で麦飯と、わずかな菜を沈めた汁の夕餉《ゆうげ》を調えている最中、「戸ノ内兵庫とやらはおるかっ」という大声とともに、男を二人従えた侍が入ってきた。

兵庫と同じぐらい上背がある初老の男は、豪奢《ごうしゃ》なものではないが、小袖に肩衣《かたぎぬ》を着け、髪も鼻の下の髭もきちんと整えている。

——青山大膳亮幸利！

兵庫は目を見張った。数年前、多聞とともに大庭善右衛門の側仕えだった頃、江戸城で見かけたことがある。年は重ねても、見かけはもちろん、鋭い眼光も変わっていない。

「大膳亮さま。私が戸ノ内兵庫にございます」

習い性でスッと膝をついた兵庫に、吊《つ》り上がっていた幸利の眉が下がった。

「ほう。ワシの顔を見知っておるのか」

「幾度かお見かけしたことがございます。こんなところまで直々にお運びいただけるとは恐悦至極《きょうえつしごく》。しかして、何の御用でございましょうか」

兵庫の言葉で、幸利が本来の目的を思い出したようにまた眉を吊り上げた。

「貴様を成敗に参った！」

一瞬、発せられた殺気に兵庫が素早く、後ろに飛び退《しさ》った。そばで包丁を使っていた徹心は、と見ると、とっとと板間に上がっている。

鯉口《こいぐち》を切った幸利に対し、兵庫は間合いを取ったまま、動かなかった。狭い台所で刀を抜いても身動きが取れない上、兵庫の手元には煮えたった湯や竈《かまど》がある。使う気はないが、包丁もある。兵庫のほうが圧倒的に有利だった。それが分かっているから、幸利も刀を抜こうとはしない。

目が赤く充血している。相当気が走る質《たち》らしいが、呼吸の整え方、気の溜《た》め方、目線の配り方など、日ごろ相当鍛錬を積んでおられている、と兵庫は感心した。

殺気に反応して身体が動いてしまったが、相手は殿さま。おとなしく斬り捨てられるべきだった。殿さま相手に反撃もできず、体力が続く限り、受け続けるしかない。

——寺を血で汚すのは避けたい。

なんとか寺の外に、と思うが、戸口には幸利の家来が二人立ち塞がっている。安普請の壁の板を蹴破って外に出るしかあるまい。

ジリッと板間に近づくと、幸利もそれだけ間合いを詰めてくる。一度で蹴破らなければ、斬り捨てられるだろう。

睨み合う二人の緊張を破ったのは、戸口の向こう、幸利の家来たちの背後からあがった、練宗のおっとり声だった。

「おや、お客さんかの。ちょうどよい、夕餉《ゆうげ》をご一緒にいかがかな」

只《ただ》ならぬ気配を感じ取っているにもかかわらず、平生と変わりない声音に毒気を抜かれたらしく、幸利がふうっと息を吐いた。殺気も霧散する。兵庫も張っていた気を解いた。

幸利に付き従ってきた二人の男は江戸留守居役の朝比奈藤兵衛と徒士《かち》頭の山田《やまだ》杢左《もくざ》衛門《えもん》と名乗った。藤兵衛は幸利と年が変わらぬように見える。困ったような笑顔を浮かべているが、目の奥は油断なく光っており、身のこなしで相当の遣い手であることがわかる。

杢左衛門は兵庫より少し年かさ、戸口に頭が当たりそうなほどの体軀で、入ってきたときから兵庫を睨み殺す勢いだ。

客用の円座に腰を落ち着けた幸利は、「殿、私がお毒見を仕《つかまつ》ります」という杢左衛門の言葉に耳を貸さず、出された膳のものをきれいに平らげた。

「お粗末さまでございました」と膳を下げる兵庫に、幸利が鷹揚《おうよう》に頷く。

「茄子《なす》はうまく漬かっておったな。肉厚な茄子であるから、塩を振って焼くだけでも美味《うま》そうじゃ」

「では、この次にいらっしゃるときはご用意しておきましょう。旬のうちにお運びください」

「うむ」

「おいおい、兵庫。次なんぞ、あるのか？　おまえは成敗されるのだろう？」

話を蒸し返したのは徹心だった。

「そうであったな」

兵庫は苦笑しながら、再び幸利の前に腰を下ろした。本来の目的を思い出したのか、幸利の眉がまたもやキリキリと吊り上がっている。

「大膳亮さま。成敗の理由をお聞きしたく存じます」

途端、杢左衛門が「理由だと？　貴様、殿のことを悪しざまに触れ回りおって！」と吠えた。

「悪しざまに……？　はて、そのような覚えはござりませぬが」

「殿のお考えが古いだの、衆道《しゅどう》趣味だの、吝嗇だのと触れ回り、殿を貶めているそうじゃな。おかげで牢人の雇い入れに滞りが出ておるのじゃぞ！」

多聞に話したことが曲がって伝わり、尾ひれもついているようだ。

「さようでございましたか。それはご迷惑をおかけいたしました。死んでお詫びを

ございましょう」

──と申すは容易《たやす》い。そうしたところで大膳亮さまはひととき、溜飲《りゅういん》が下がるだけで

「……何が言いたい」

「お詫びとして、手間賃なしでお雇い入れのお手伝いをさせていただく、というのはいかがでしょうか」

「貴様っ、命乞いかっ。武士の風上にもおけんっ」

吠え立てる杢左衛門を、幸利が制した。

「戸ノ内。手間賃なし、とはまことか」

「はい。しかし、お話によってはお受けできません」

「自分で申し出ておいて、なんじゃ、その言い草はっ」

またもや杢左衛門が吠え、幸利も眉間の皺を深くした。

兵庫はスッと背筋を伸ばし、じっと幸利の目を見つめた。

「恐れながら、申し上げます。牢人を集める真の狙いは謀反《むほん》でありましょうか」

「きっ、貴様、なんということをっ」

杢左衛門よりも先に座を蹴ったのは藤兵衛だった。幸利も殺気を滾《たぎ》らせている。兵庫は微笑をたたえながら、ゆっくりと口を開いた。

「本来、城の改築には幕府のお許しが必要。重臣・本多正純《ほんだまさずみ》さまは城を改築したところ、謀反の疑義により改易されました。大膳亮さまも、許しが出る前に城の改築や修繕をしておられるそうですね」

「む」

「大膳亮さまが処断されぬのは、強力な後ろ盾と、忠義心が篤《あつ》い大名と信ぜられているからでしょう。しかし、人の心というものは、移ろいやすいもの。大膳亮さまの本心をお聴きしたい」

幸利が右の口角を上げた。

「では、万が一、謀反の意がありと言えば？」

「恐れながら、命を賭《と》してこの場でお止めする覚悟でございます」

「ほう。三対一で、か」

「三対三だ」

徹心が笑った。

「餓鬼《がき》の頃、兵庫を散々いじめて泣かせたのは俺だぜ。侍とは違う戦い方ができる。それに練宗さまは気を操ることができる。誰かしら生き残ってご公儀に訴え出ることはできるだろうよ」

練宗が湯呑《ゆの》みをコトリと置き、一気に空気が変わった。その張りつめた殺気に藤兵衛、杢左衛門が片膝をついて身構えたとき、クックックと幸利が笑い出した。

「ただの貧乏寺かと思いきや、なかなか骨のある坊主どもではないか」

「お褒《ほ》めいただき、恐悦至極に存じます」

涼しい顔で練宗が言い、人数分の茶を淹《い》れなおした。

「なるほど、確かに謀反の恐れあり、と思われても致し方ないな」

幸利は、未だ身構えている藤兵衛と杢左衛門に、手振りで腰を据えるよう指示した。

「だが、なんの企《たくら》みもない。偏《ひとえ》に、尼崎城を有しておるからじゃ。徳川の御世《みよ》も四代目、安泰のようにも見えるが、西国は豊臣《とよとみ》の旧家臣であったために冷遇されている外様が多い。表立っては動かぬが、隙あらば、と思っておろう」

「西の守りの要は大坂城でございますね」

「左様。そして、大坂城に万が一のことがある折には、西は尼崎城が、東は岸和田《きしわだ》城が食い止める。尼崎城が守りにふさわしい城であるよう、破られることがないよう、常に修繕や改築を心掛けておる」

「尼崎と岸和田、どちらかの殿さまが必ず在城するよう参勤交代の時期を調整しておられるのも道理でございますね」

「改築のことといい、おぬし、やけに詳しいの」

藤兵衛が鋭い視線を兵庫に向けたが、兵庫は「出仕相談を承っている関係上、様々な話が耳に入ります故」と微笑んだ。

「ところで大膳亮さま。何名ほど雇い入れをお考えなのでしょうか」

「ワシが帰城する七月には、六十名を新たに伴いたい。すでに二十名は決まっておるから四十じゃな」

さすがの兵庫も一瞬、絶句した。

「四十、でございますか。噂には聞いておりましたが、大変な数でございますね。恐れながら、大膳亮さまの石高《こくだか》は五万石と聞いております。本来の家臣方に加えて六十名も召し抱えとなりますと、かなりの禄を要しますが……」

「構わぬ。そのために、爪に火を灯《とも》すようにして、金を貯《た》めておいたのじゃ。いま使わず、いつ使うっ」

李左衛門はうんうんと調子よく頷いているが、藤兵衛は少々渋い顔をしている。

「それにしても七月とは……。ひと月ほどしかありませんが、何故、それほどお急ぎになるのですか」

「ワシが交替する際に連れて帰る故」

「恐れながら、お急ぎになる理由としては、ちと弱いように思います。急いで戦支度をしておるのでは、と疑われるのも道理です」

「貴様、口が過ぎるぞ！」

幸利は、気色ばむ藤兵衛と杢左衛門を「まあ、よい」と手で制した。

「戸ノ内兵庫。いまの大坂城代を務めておられるのがどなたか、知っておるか」

「青山家のご本家であり、大膳亮さまの御従兄、青山因幡守宗俊《いなばのかみむねとし》さまですね。権現さまの頃より忠義が篤《あつ》い青山家ならば、上様の代わりに大坂城を治めるにふさわしい」

譜代大名であることに加えて、従兄が大坂城代だからこそ、幸利が城の改築や増築を強行しても処断されないのだ。

「うむ。因幡守さまは西国大名の動きを大層警戒されておる。だから、江戸への出立の御挨拶に伺った際に申し上げたのだ。『ご安心なされませ。尼崎城には大坂城を守るために、千を超える家臣がおります。騎馬隊も二百以上。三交代が可能なのですぞ』とな」

「それはお喜びだったでしょう」

「そうなのじゃ。ただ、我が家臣団を改めてみると少々数が足りん。藤兵衛」

話を振られた藤兵衛が、懐から紙を取り出す。

「騎馬は百九十騎、徒士衆などが六百九十名。老中などの上役を入れても総勢でも九百を少々超えたぐらいでございます」

「明らかに足りぬのじゃ」

「しかしながら──五万石の石高から考えると、十分すぎるほどでございましょう。八万石近い大名家でも、騎馬は二百を少々超える程度と聞き及んでおりますが」

「私も蔵が逼迫する、と申し上げたのだが……」と藤兵衛が困り顔で呟いたが、幸利は「武士に二言はないっ」と咆哮した。

「国許の尼崎では近郷の牢人に声をかけ尽くしており、新たな雇い入れが少々難しい。その点、江戸ではあちこちから牢人が流れてきておるから何とかなるはずであった」

ここで藤兵衛は恨みがましい目で兵庫を見た。

「四十名ほどの牢人に話がついておったのだ。ところが、悪しき噂によって辞退する者が続出し、半分になった」

話が振り出しに戻った。

「委細お話しいただき、ありがとうございます。ご迷惑のお詫びとして改めてお手伝いをお約束いたします。しかしながら、殿のお好みの、若くて体軀も見目もよい者となると、少々難しゅうございます」

幸利が顔を歪《ゆが》めた。

「誤解を生むような言い方をするでない！　腕の立つ者ならば体軀もよいはずであろう！　長時間の鍛錬に耐え得る者を、となると、健やかで若い者になる。健やかで若い者は肌艶がよい。それが見目よく見えるだけであろう！　そもそも、こやつらを見れば、ワシが見た目の選《え》り好みをしているわけではないとわかるであろうっ」

練宗が無遠慮に藤兵衛と杢左衛門の顔を眺め、「うむ。確かに何よりの証拠ですなぁ」と頷き、見た目がよくない、と断じられた二人は何とも言えない顔をした。

笑い転げる徹心の膝をピシャリと掌で叩き、兵庫は「では、七月までに四十、集めてご覧に入れます」と頭を下げた。

「時に大膳亮さま。六十もの新たな家臣を伴ってご帰国となると、軍役令に障るかと存じますが」

「それなら大丈夫じゃ」と藤兵衛が応じた。

「家臣を増やすつもりでおったから、参勤の行列には一時雇いの者を加えておいた。おぬしが四十揃えてくれるのであれば、数に変わりはない。謀反の疑義あり、と噂されることもないだろう」

　幸利が座を立つ。

「伝達役および、見張り役として、杢左衛門を置いて行くぞ」

「えっ。と、殿。見張り役とは甚だ不本意にございます」

　杢左衛門の不満は聞き流された。幸利が兵庫を睨みつける。

「忘れるな、戸ノ内兵庫。本来ならば、おぬしは斬り捨てられているところを猶予されたのじゃぞ。逃亡は申すに及ばず、優秀な者を他家に流すことも罷《まか》りならん。期日まで、青山家第一と心せよ！」

　幸利は来たとき同様、嵐のような勢いで庫裡を出て行った。

「殿はああ仰せだが、四十ともなると相当の数じゃ。この際、少々難ありでも構わぬぞ」

　藤兵衛が兵庫に囁いた。

　――難ある者では、尼崎城と大坂城を守る家臣団にふさわしくないのではないか。

　兵庫は、愛想のいい留守居役の顔を見つめた。表面だけ取り繕うような者を重用しているならば、幸利の器も知れている。嗣子《しし》に取って代わられる日もそう遠くはないだろう。

青山家は一枚岩ではないのかもしれぬ──兵庫は微《かす》かに眉をひそめて、寺を出ていく幸利一行を見送ったのだった。

## 五. 餓鬼

「兵庫の日銭が入らなくなったうえ、無駄飯食いが一人増えたぞ！　見張りにつけるならば、米なりとも持たせりゃいいのに、あの殿さまは相当の吝嗇家だな！」

徹心はかなり不満顔だったが、杢左衛門のほうも「殿にあんな無礼な真似をする男と寝食を共にせねばならぬとは不本意！」「寺の飯は腹が膨らまん！」と愚痴ばかり言っていた。

だが、それも初めだけで、「あやつは侍にしては見所があるな。力仕事や大工仕事を厭《いと》わん」「坊主のくせに、なかなか面白い男だ。気に入った！」と意気投合し、気が付けば「徹心」「杢左」と気安く呼び合うようになっていた。

兵庫は「山田殿」と呼んでいたのだが、「堅苦しくてかなわん！」と本人から抗議され、徹心にならって「杢左」と呼ぶようになった。

単純な男らしく、兵庫への怒りも見張りという役目も、寺の暮らしに馴染《なじ》むにつれて杢左の頭から抜け落ちてきた。

「おい、徹心。同輩からなかなか趣のある春本を譲り受けてきたぞ。貸してやろうか、ぐへへ」「杢左、門徒の後家が力仕事を頼みたいと言ってるから行ってくれんか。なぁに、ついでに遊んでくればよい。いっひっひ」と二人して悪巧みをする始末。

すっかり悪友と化した二人は、毎晩、本堂で酒を呑みながら陽気に騒いでは、二日酔いに苦しんでいる。練宗和尚は窘めることなく、ニコニコ笑っていた。

人集めも順調だった。見目や体躯にこだわらなければ新天地を求める牢人には困らない。幸利が用意した俸禄も悪くはなかったため、兵庫が幾人かに声をかけただけで話は広がり、連れ立って「雇い入れてくれないだろうか」と寺へ来る者たちも増えた。

ある日、懇意の口入れ屋へ顔を出していた兵庫が寺へ戻ると、ひと悶着《もんちゃく》起きていた。

助け起こした。

「帰れ帰れ！」と杢左に邪険に追い払われているのは、汚い身なりの少年だった。出仕を願う牢人たちの列から引き出され、突き飛ばされて尻餅をついた少年を、兵庫が助け起こした。

「杢左、子ども相手に手荒な真似はよせ」

「餓鬼じゃ役に立たんだろうが！」

「そんなのわからねぇじゃねぇか！　おいら、足は速いし、手先も器用だって奉公先じゃ重宝されたんだからな！」

杢左に睨まれても言い返す少年を兵庫は宥《なだ》めた。

「まあまあ、落ち着いてください。私は戸ノ内兵庫と申します。お名前は？」

先に名乗ると、少年は面食らったのか、しおらしくなった。

「甚吉《じんきち》ってんだけど……」

「甚吉さん。此度募っているのはお侍なのですよ」

「そこのおじさんが、人より優れたところがあれば町人でもいいって言ってた」

おじさん、と指さされた杢左が鬼のような形相で威圧したが、甚吉はフンッと顔を背け、兵庫の袖にすがりついた。

「戸ノ内さま。おいらみたいなのが、お大名に雇い入れてもらえる機会なんざめったにない。なんでもする。なんでもするから、雇ってくれよ」

「しかし、年端のいかぬ者が遠い西国へ行くとなるとご家族もご心配でしょう」

「年端のいかぬって、おいら、数えで十三になるんだけど」

精いっぱい胸を張って身体を大きく見せようとしているが、少年は小柄でガリガリに痩せている。梅雨にかかろうという時期なのに肌はカサカサだった。せいぜい、十にしか見えない。明らかに栄養が足りていないのだ。

「それに、心配してくれる家族なんざいねぇ。先の流行病《はやりやまい》でみぃんなおっ死《ち》んじまった。身軽なもんでい」

七年前、江戸を焼いた明暦《めいれき》の大火のあと、赤痢が蔓延《まんえん》し、『彼の方』のうら若き奥方が命を落とした。この少年のように家族を失った者も多い。

だが、言っても詮無いことと思っているのか、ケロリとした顔で話す少年の目の高さまで兵庫は屈《かが》んだ。

「どんなに辛《つら》いことが待っていたとしても、お侍になりたいのですか？」

「いまより辛いことなんてあるのかい？」

この子は大層頭がよい――即座に大人びた口ぶりで言い返した少年に、兵庫は微笑みかけた。

「読み書きはできますか」

「そろばんもできる。この前まで奉公してたんだけど、お店《たな》が火を出してさ。次のあてもないのに放り出されちまったんだ」

「わかりました。ただ、さすがに今のあなたではお給銀は出ないと思います。それでもよいですか」

「いいって言いたいけどさ、食べ物と寝床は何とかなんねぇかな」

「小僧！　調子に乗るな！」

ゴチンと頭にゲンコツを落としたのは杢左だ。痛みに呻く甚吉が、「もしかして、からかったのかい」と兵庫に頼りなげな視線を向けた。

「からかっていませんよ。衣食住は何とかしましょう。私の補佐をしてもらうことが条件です」

「アンタの言うことを聞きゃいいってこったな。戸ノ内兵庫さまが俺の御主人さまだ」

「私は家来を持つような身分でも立場でもありません。あなたの主は、青山大膳亮幸利さまですよ。お侍になるならば、まず、言葉遣いを改めてください」

「こんな小僧を……。兵庫、殿に叱られても知らんぞ」

杢左が渋い顔で甚吉を見下ろしている。

「他の家臣から不興を買わぬよう、江戸を発《た》つまでに鍛えておきましょう」

「交代の道中、面倒を引き起こしたら即座に送り返すからな。そんときゃ、おまえが引き取れよ」

「もちろんです」

そう頷いた兵庫に、甚吉が狼狽《うろた》えた。

「えっ、戸ノ内さまは尼崎には行かねぇの」

「私は雇い入れの手配をしているだけですので」

「おいら、戸ノ内さまのために働きたかったんだけど……」

「そのお心意気だけいただいておきますよ。それとも、私が一緒でないと侍にもなれぬのですか？」

「なれるよ！　なれるっ」

真っ赤な顔で訴える甚吉に兵庫は微笑んだ。

「では、次の参勤で江戸に戻ってくるときには、甚吉さんが立派なお侍になっているよう、日々念じておきます。江戸を発つまでは、このお寺で寝泊まりしていただきますね」

斯《か》くして——またも食い扶持《ぶち》が増え、徹心が怒り狂ったのは言うまでもない。

# 六．目利き

期日までに雇い入れが決まったのは、甚吉を入れて四十三名だった。名前が並んだ巻紙を広げている兵庫の脇から、杢左が覗き込む。

「さすがだな、兵庫。あの小僧を入れて四十三名とはな。殿もお喜びになるだろうて」

だが、兵庫は徐《おもむろ》に矢立《やたて》を取り出し、三名の名前を消した。杢左が「えっ」と声をあげる。

「消すのか……」

「うむ。ご家老からは難ありでもよい、とは言われたが、さすがにこの三名は難があり過ぎる」

三名とも、杢左が面会し、雇い入れた者だった。

「そ、そうか――そのときはよいか、と思ったのだが。申し訳なかったの」

「いや、そもそも、手が回らぬからと杢左に面会を頼んだのは私だ。こちらこそ相済まぬ」

兵庫は深く頭を下げた。

「あ、いや、なんだ……難ありでもよい、というご家老の言葉で気楽に考えておった。ところで、消す訳を聞いてもよいか？」

「ああ。まず、この男は年がいき過ぎている。恐らく、尼崎へたどり着けぬだろう。同様に、こちらの男は肺病持ちだ」

杢左は眉間に皺を寄せた。

「肺病？　そんなことは言うておらなんだぞ。確かに少々虚弱と言うておったが」

「昨日会《お》うたが、この男、顔色が白すぎる。呼気もひどく生臭かった」

「……おぬし、医術の心得でもあるのか」

「そうではない。が、そのように書かれた書物を読んだことがある」

「そうか……」

杢左が感じ入ったように呟くのを、兵庫は不思議そうな顔で見た。

「もしかして、私が知らぬだけで雇い入れたい事情でもあるのか」

「い、いや、ない！」

強い口調で言い切った杢左に、兵庫が首を傾げる。慌てたように杢左が残る一人を指さした。

「では、この男は」

「酒が過ぎるようだな。自筆の親類書《しんるいがき》（身上書）を皆に出してもらっただろう？　字が激しく震えている。おまけに呼気は古い油のような臭いがしていた」

「油？　酒ではなく？」

「古い油を燃やしたような臭いだ。恐らく――あまり長くない」

「そうか……」

杢左は大きく息を吐いた。

実は兵庫が消した三名は、杢左が難ありと知りながら、わざと入れた者だった。幸利から「あの男の目利きがどれほどのものか、見極めろ」と命じられていたからだ。殿の御命令といえども、寝食をともにし、親しく交わっている兵庫が難ありを見落とし、斬首でもされては――と、この数日、気が気でなかったが、確かな目利きに安堵する。

一方、兵庫はもう一名、消すかどうか迷っていた。大原岩之助《おおはらいわのすけ》という牢人は、いつぞや、サヤと兵庫を襲い、兵庫に投げ飛ばされた男だった。

雇い入れの牢人たちの顔を今一度、確かめておきたい、と寺に来てもらった折にわかったのだ。

「あのときはどうも」

岩之助は虫の食った歯を剝《む》きだして笑った。侍としての矜持《きょうじ》も、品性もない。投げ飛ばしたときに察したように、剣の腕も体術も今一つだった。特技らしい特技と言えば、馬に乗れることだろう。馬に乗れる者は希少だ。

兵庫は筆を置いた。私情よりも、幸利に益となる人物と判じたのだ。それに、此度は牢人の雇い入れが多数だ。追いはぎなどで糊口《ここう》を凌《しの》いでいた者は、岩之助以外にもいるだろう。

こうして、計四十名の名前を書いた巻紙を手に、兵庫と杢左は連れ立って青山家の上屋敷《かみやしき》へと出向いたのだった。

「ようやってくれたぞ。四十名、しかと受け取った」

幸利は殊《こと》の外、喜んだ。幸利の隣には嫡男・青山大蔵少輔幸実が座っているが、その顔は青黒く、兵庫と同い年の頭には白いものも混じっている。確かに虚弱、しかも腎がお悪そうだ、と兵庫はすぐさま若殿の不健康を察した。

「兵庫。この、齢十三という者はなんじゃ」

「小姓《こしよう》候補でございます。読み書きそろばんができますし、覚えもよい。細かい手作業も得意です」

「尼崎までの道中、誰が面倒を見るのだ？」

甚吉は江戸から出たことがないうえ、栄養が足りないせいで体力もない。

「杢左はこれでも徒士頭だ。子守をさせるわけにはいかんぞ」

雇い入れた中で、子ども好きな者はいないか、と記憶を手繰る。これという者を選び出す前に、幸利がやけに楽しそうに声をあげた。

「そうじゃ、兵庫。おまえがこの子どもの後見になれ」

「――は？」

思いがけない言葉に、兵庫はマジマジと幸利の顔を見た。

「子どもならば半人前、つまり四十名に満たない。のう、藤兵衛。ワシは何名用意せよと申したかな」

「四十名でございますな。それをこの戸ノ内兵庫が確かに、と請け負ったこと、藤兵衛もしかと聞いておりまする」

「しかし、私は」

二君に事《つか》えず、という言葉を兵庫は飲み込んだ。いまの兵庫は表向き一介の牢人者なのだ。

「雇い入れた者が確かに尼崎に居着くかどうか、そこまで見届ける責があるでしょうからな」と藤兵衛が言えば、幸利も「幼き家来を育てる楽しみもあるであろう」と頷く。

幸利が「家来」という言葉を使ったのは、兵庫と甚吉のやりとりを杢左から聞いたからだろう。つまり、「半人前」が入ることは前もってわかっていたのだ。

兵庫は杢左を見た。正直者のこの男が、四十名に満たないと知っていながら黙っていた意図をはかりかねた。

「杢左を責めるな。ワシが指示したのだ。おぬしを試せ、とな」

「どういうことでございましょうか」

「明らかに難ありの者を、杢左が雇い入れておったはず。おぬしは見事、その者共を外した。目利きができるうえ、他家の事情にも明るい。半人前の世話という名目で構わぬ。おぬしには当家に仕えてもらうぞ」

「――殿。恐れながら、申し上げます」

兵庫は険しい目で幸利を睨んだ。

「なんじゃ」

「そのようなお戯れ、向後《こうご》、決してなさらぬほうがよいと思います。たった三名ではございましたが、杢左衛門の目が曇った、何かよからぬ取引があったのでは、と私に疑念を抱かせた。つまり、ご自身の家臣の価値を下げたのです。私を取り込むため、という目的があったとしても、杢左の誇りを傷つけた。そのような殿に、家臣が命をかけるとお思いか！」

幸利の顔が一気に真っ赤になり、幸実と藤兵衛は顔色をなくした。おかしいぐらい慌てたのは杢左だった。

「ひょ、兵庫！　殿に向かって口が過ぎるぞっ。ワシは何とも思っておらぬ。確かにおぬしに嘘《うそ》をつくのは心苦しかったが」

「戸ノ内兵庫。貴様、恐れながらと言いながら、まったく恐れておらぬな！」

真っ赤な顔で振り絞るようにそう言った幸利だったが、杢左に顔を向けると、「杢左。ワシが悪かった」と呟いた。

殿が謝った。あの殿が――杢左、幸実、藤兵衛はポカンと口を開けた。

一瞬ののち、杢左がガバッと頭を下げた。

「も、もったいなきお言葉にござりますっ」

うむ、と頷いた幸利の顔はやや赤みが引いていた。

「兵庫。十三の小僧のこともある。尼崎へ共に参れ。いままで雇い入れた者たちの多くは、尼崎になかなか居着かぬ。先に話した通り、それでは困るのじゃ。これは正式な依頼じゃ。次にワシが帰府するまでの間、尼崎で家臣たちの性根を叩き直してくれ。便宜もはかる」

「承知いたしました」

兵庫が間を置かず、そう返したのが意外だったのか、幸利が目を細めた。

「まことか？」

「はい。私は江戸から出たことがありません故、一度西国を見てみたく思うておりました」

「そうか。ならば、よろしく頼む。うむ、おぬしの『恐れながら』を幾たび聞けるか、楽しみになってきたぞ。それに、ワシの殺気に引かなかった者は久しぶりじゃ」

幸利は満足そうだったが、兵庫の心持ちは少々外れたところにあった。

——勝手に尼崎行きを決めてしまったが、さて、『彼の方』がどう出られるか……。

案の定、翌日には『彼の方』に呼び出された。場所は上野《うえの》の料理屋だ。

幼い頃、祖父母から『彼の方』の英雄伝を聞かされてきたため、いくつになっても恐れ多い存在である。楽にしろ、と声をかけられたが、楽になどできない。

相手は豪快に杯を空けていく。人払いをしているから、手酌《てじゃく》である。

「尼崎行きのこと、聞き及んだぞ。二君に事《つか》うるつもりか、兵庫」

背筋を伸ばしたきれいな姿勢で深々と頭を下げていた兵庫は、思わず顔を上げた。

「私が殿を裏切ることなど、これまでもこれからも一切ござりませぬ」

「さて。それはどうかな。人というものは変わるものだ」

相変わらず笑いを含んだ口調で言われ、兵庫は軽く唇を噛んで顔を伏せた。

「それにしても青山か」と相手は独り言《ご》ちた。

「大膳亮は悪い男ではないが、公儀に跡目届け済みの大蔵少輔がどうにもきな臭い」

「幕府のやり方に反発する塾へ出入りしていた件は、大蔵少輔が元服した頃だったはず。十年も前ではございませぬか」

門脇多聞も同じ塾に出入りしており、それがもとで江戸ではなく水戸へ連れていかれるはめになったのだ。

「大膳亮は、いまでも大蔵少輔に継がせたい、と考えておるのだろうかな」

「――もし、そうお考えであったらどうされるおつもりですか」

「知れたこと。そんな怪しい者に要所である尼崎を任せておくわけにはいかぬ。代が替わる折に移封させるか、場合によっては改易」

兵庫は絶句した。あれほどの気概で大坂城を、江戸幕府を守ろうとしている青山大膳亮幸利が、それを知ったら腹を切るだろう。

「恐れながら、申し上げます」

「おう、申せ申せ」

「先ほど殿は、人は変わる、と仰せでした。それならば、ご公儀に反する流れになりつつある家や人も、正しきところに変えることはできるはず」

「ほう、面白い。それをおまえがやると？　刀を抜かぬおまえが？」

サヤの顔が一瞬浮かんだ。

「刀を抜かずに徳川に、世に尽くすことが私の天命かと」

破顔一笑。障子が震えるほどの笑い声だった。

「なるほどな、やってみよ。万一、危急のことがあれば、すぐに伝わるようにしておく。気にせずともよい」

つまり、密《ひそ》かに何者かが兵庫のそばにつく、ということだ。身辺を守る者なのか、不穏な動きをせぬよう見張る役か——そのどちらも、であろう。

「兵庫。息災でな」

食事にも酒にも手をつけず、下がろうとした兵庫はそう声をかけられて思わず顔を上げた。それは主としてではなく、兄としてのあたたかみのある声だった。

兵庫はもう一度深く頭を下げ、店を出た。

江戸を出立する前日には、サヤが寺へ足を運んでくれた。

「遠く離れては、お支えすることができませんね……」

寂しげに呟くサヤに、兵庫は頭を下げることしかできなかった。

## 七. 交代道中

幸利の大名行列は、江戸から尼崎まで約百二十七里（およそ五百キロ）を二週間で戻る。かなりの速足である。

牢人となって以降も道場で鍛錬を続け、貧乏寺でまき割りや掃除を引き受けていた兵庫は体力に自信があったが、夏の盛りということもあり、最初のうちは遅れ気味だった。


「物見遊山《ものみゆさん》の旅とは違うからな。なかなか大変であろう。大丈夫か、兵庫」

休息時に兵庫が流れ落ちる汗を拭いていると、徒士頭の杢左が声をかけてきた。心配そうな口ぶりだが、目が笑っている。

「聞いてはいたが、なかなかの速足だな。だが、二、三日すれば慣れるであろう」

「うむ。そうでなくては、荒っぽい尼崎では続かんからな。ただ、おぬしはともかく……あの小僧は使いものにならぬな」

杢左が顔を向けた先には、川べりに座り込んでいる甚吉。表情が暗い。兵庫と同じ徒士衆扱いにしておいたのだが、大人の歩幅についていけず、すぐにズルズルと下がり始めた。

前陣の徒士衆から遅れた甚吉は、ほどなく行列中央の殿の駕籠に追い抜かれ、ついには後陣の茶坊主たちに混じって歩くのがやっとだ。

「いくらすばしっこくても、体力がなければどうにもならん。列から外れるようなら、逃亡とみなされるぞ。今なら一人で江戸まで戻れるだろう。返してやるのが親切というものだ」

そう言う杢左に答えず、兵庫はゆっくりと甚吉に近づいて行った。

「甚吉さん。江戸に帰る、という方法もありますよ」

川の水に手拭いを浸しながら声をかけると、甚吉は真っ赤な顔で唇を引き結び、首を横に振った。古着ではあるが、着物と袴をきちんと着付け、髪を整え、姿勢を正させるとそれなりに見られるようになっている。

「俺——私は一人前の侍になるのです」

尼崎へ同行することが決まってから、甚吉は兵庫と杢左に言葉遣いをかなり厳しく言われたため、裏長屋の男衆譲りのべらんめぇ口調は消えている。柔軟性と吸収力は見どころがあるから、兵庫もなんとか尼崎まで連れて行ってやりたいのだ。

「では、まず回復せねば、ですね」

兵庫はにっこり笑うと、濡らした手拭いを甚吉の真っ赤な首筋にかけた。途端に「ひゃっ」と悲鳴をあげる。

「夏の暑さに参ったときは、首、特に耳の下側のところを冷やすといいですよ」

甚吉は、兵庫がかけた手拭いを首に添わせた。

「……気持ちがいい、です」

「それと、両方の脇の下」

言われた通り、畳んだ手拭いを懐に差し入れた甚吉に、兵庫は頷いた。

「それから、いまはできませんが、太腿《ふともも》の付け根。この三ヵ所を冷やせば身体にこもった熱が下がる、と言われています。風邪で熱があるときも、そうしてください」

「昔、熱を出したときに母ちゃんが額を冷やしてくれました」

「それもいいのですが……太い血脈がある首と脇の下と太腿の付け根を冷やすことで、早く熱が下がるんですよ。血は全身を巡っていますからね」

「太い血脈――なるほど。人が斬られるのを見たことがありますが、首から血が噴き出していました」

「他のところなら止血すれば命が助かることもありますが、太い血脈のところは、止血ができませんからね」

子ども相手に血腥《ちなまぐさ》い話をするのもどうかと思うが、甚吉は顔色ひとつ変えない。子どもがたった一人で生きていくために、相当の修羅を見たのかもしれない。

「では、刀を向けられたら、首を守るようにします」

こもっていた熱が引き、少し元気になってきて軽口も飛び出した甚吉に、兵庫は少し声を潜めた。

「甚吉さんに頼みたいことがあります」

子猫のような眼が真ん丸になり、兵庫に抱き着かんばかりに顔を寄せてくる。

「な、なに？　なんでもやるっ、あ、やりますっ」

「尼崎へ着くまでに、この行列に加わっている者の顔と名前を覚えてもらえますか？」

「はい！　でも……何故ですか」

「あなたは曲がりなりにも小姓候補として雇い入れられた身。殿のそば近くに仕えることができた折には、覚えたことがきっと役に立ちます。あれはどこの誰じゃ、と殿やご家老に訊《き》かれてすぐに名前をお教えすることができれば、その者は大層喜び、あなたの味方になってくれるでしょう。少なくとも敵にはならない」

「どうしてですか？　褒美《ほうび》がすぐにもらえるから？」

「己の名前を知ってくれている、ということは大層心地よいものだからですよ。誰しも、己を特別な者と認めてほしいですからね」

「兵庫さまもですか」

思いがけない切り返しに兵庫は目を瞬《まばた》かせた。はて、と顎に手を当て一考する。

祖父母から「決して『表』に出てはならぬ者」として育てられたため、兵庫には目立つわけにはいかない、と自制する気持ちがある。

「訂正します。己を特別な者と認めてもらえることに、喜びを覚える人が多い」

「なるほど……」

「では、よろしくお願いします。ただし、私がお願いしたことは内密に。コソコソ嗅ぎまわっていると思われては心外でしょう？　それと名を訊《たず》ねるときは、まず己から名乗ってください。いいですね」

甚吉が頷いたとき、杢左が呼びに来た。

「兵庫！　そろそろ発つぞ！」

「では、頼みましたよ」

立ち上がった兵庫を、甚吉が見上げた。

「兵庫さま。全員の顔と名前を覚えたら、褒美をください」

「もちろんです。私に差し上げられるものでしたらなんでも。と言っても、あまり高《こう》直《じき》なものは勘弁してくださいね」

「そういうんじゃありません！　杢左さまと話すのと同じように、話してもらいたいんです」

何を言われているのかわからず、兵庫は並んで列に向かいながら、甚吉に視線を向けた。

「兵庫さまが子どもの俺を大人と同じように、一人のお侍として扱おうとしてくださるのは有り難いのですが、どんな人にもそうだから……俺も杢左さまみたいに身内として扱ってほしい。特別な者の中に入れてほしいです」

兵庫は微笑んだ。この子は本当に頭がいい。先ほど出た言葉をすぐさま使った。

「わかりました、甚吉さん。では、全員覚えたら、そうしましょう」

「約束ですよ？　では、早速」と徒士衆の列に復帰しようとした甚吉の襟首を、兵庫は指で引っ掛けて止めた。

「甚吉さん。最後尾からお行きなさい」

「元気になったから、もう歩けます、大丈夫」

ふくれっ面の少年を「いいから」と徒士衆から押し出す。

「もし、徒士衆の列に戻れと言われたら、私の怒りを買ってしばらく戻れない、と言ってください」

甚吉が顔色をなくす。

「兵庫さま、お怒りだったのですか……」

「怒ってませんよ。でも、嘘も方便。さ、もう列が動きますよ。あなたはあなたの役目を果たしなさい」

役目、という言葉に甚吉は笑顔になると、最後尾に向かって駆けて行った。

杢左がふらりと近づいてくる。

「あの小僧に顔と名前を覚えさせて、間者《かんじゃ》にでも仕立て上げるつもりか？」

「まさか。ただ、辛い辛いと思いながら歩いていては、旅が楽しくない。他に気が紛れることがあったほうがよいと思わぬか」

「確かになぁ。今宵《こよい》の宿場で何を食えるか、どんな酒にありつけるか、と考えれば足も軽くなるというものよ。しかし、なぜ最後尾に回した」

「最後尾の者の名前を覚えて、さて、次の者……となったとき、今よりも前に行かなければならぬ。背中が見えるほどの、ほんのちょっと前、だ。頑張ればできないことでもない。どうすれば、今よりも速く歩けるか、考える力もつく。体力も脚力もつく。一挙両得どころか、三得も四得もあると思わぬか？」

杢左は「おぬしは寺子屋で教えるほうが向いていそうだ」と苦笑した。

「確かに大人でも道中は厳しい。ああ、一度でいいから、若君の参勤交代のお供をしてみたいものだな」

不意に若君――青山大蔵少輔幸実の名が出てきたから、兵庫は杢左の顔をチラリと見た。緊張もなく、目玉も泳いでいない。何も含むところはなさそうだ、と思ったから「若君の？　何故？」と話に乗ってみる。

「身体がお弱いから、三週間ほどののんびりした旅程なのだ。街道を外れるわけにはいかないが、風光明媚《めいび》な場所では歌を詠んだり、茶など点てたりするそうじゃ。羨ましいではないか」

「杢左が歌や茶に親しんでいるとは知らなかった」

心底感心した様子の兵庫に、杢左は「あ、いや、言葉の綾《あや》だ。歌も茶もやらん」と頭を掻《か》いた。兵庫は噴き出した。こういう正直さがこの男のいいところだ。

「どの道、のんびりした旅は杢左の性に合わんだろう」

「うむ。ワシもそう思う。若殿の行列ではもどかしくて、先触れよりも前に行ってしまうかもしれぬな」

杢左衛門はカッカと笑うと、徒士衆の先陣へと歩いて行った。その大きな背を見送りながら、兵庫は若君、幸実の青黒い顔を思い出していた。

幸実から「杢左衛門にも誰にも内密に」と青山の下屋敷へ呼び出されたのは、出立する三日前のことだった。昼日中、人目を忍ぶように裏口に回され、茶室に通された。

豪奢ではないが、軸も花器もそれなりのものを揃え、品のいい茶室だった。

だが、それを台無しにする者が外に潜んでいる。殺気は感じなかったため、兵庫は目の前の席主に素知らぬ顔で「お招き、ありがとうございまする」と深々と頭を下げた。

「出立前に呼びつけて相済まぬ。父は出府のご挨拶のため、藤兵衛と城に上がっておる。二人しかおらぬ故、楽に致せ」

幸実は茶を点てたあと、ようやく本題に入った。それは『彼の方』から聞き及んでいたことを裏付けるような話だった。

「青山家に人が居着かぬ理由は噂通りだ。父上は、家臣たちに必要以上の武芸、軍学を推奨し、軍備にも少なくない金子を使っておられる。今はもう戦国の世ではないというのに……。時代遅れも甚だしい。このままでは、領地をきちんと治め、整えている他家に後れを取る。家臣の中には先を不安がる者も多くいる」

兵庫は黙って幸実を見つめた。幸実は落ち着かなげに身体を揺すると、早口になった。

「そこでおぬしに頼みがある。尼崎におる間に、父上のお考えを変えてもらいたいのじゃ。他の者の意見に耳を傾けていただけるように、な」

兵庫が黙ったままだったので、幸実は「念のために申すが、父上を追い落として私が主になろうなどと大それた考えはないぞ。これは当家の先を見据えてのことじゃ。国許におる家老・佐藤仁右衛門も同じ考えである」と付け足した。

「恥を申すようだが……家臣たちは父を盲信しているか、父に意見したくても恐ろしくて言えぬかのどちらかだ。だが、おぬしは父にはっきり物申した。あれほど激高している父に、『恐れながら申し上げます』と恐れもせずに言えるおぬしならば適任である」

「若君――恐れながら、申し上げます」

「……なんだ」

幸実が目を細めた。

「私は大膳亮さまに雇われた身。若君の頼みをお受けするは筋違いでございまする。しかしながら、私は殿とのお約束通り、青山家のために尽力させていただく所存でございます。それが徳川の、引いては世のためになるならば」

幸実は肩を落としたが、身体を揺すると鷹揚に言った。

「――相分かった。無理を申したな。国許でも励んでくれ」

そんなことがあったから、出立の日、牢人たちでごった返す上屋敷で、兵庫は朝比奈藤兵衛を呼び止めた。藤兵衛は国に戻ることなく、このまま江戸詰めだ。

藤兵衛は、兵庫が幸実に呼び出された件を知っていた。さては茶室の外に潜んでいたのは藤兵衛の手の者か、と兵庫は得心した。

藤兵衛の、国詰めの家老・佐藤仁右衛門評はなかなか辛辣《しんらつ》だった。

「手柄を立ててのし上がってきたが、忠義心は上辺だけの胡散臭《うさんくさ》い古だぬきよ。御輿《みこし》は軽いほうがよい、という考えだ」

「なるほど……」

独断専行の幸利よりも頼りない幸実を城主に据えて、後ろで操ろうという野心を隠そうともしない、不遜《ふそん》な男らしい。

「家老という重職において、相反する者が一人おるほうが面白い、と殿は気楽に構えておられるが、ワシはそうは思わぬ。若君に取り入っているのも気に食わぬ。本音を言えば、佐藤仁右衛門を粛清《しゅくせい》したい。だが、証拠がない。兵庫、仁右衛門が怪しい動きをしたら、すぐに知らせてくれぬか」

「それは私の仕事ではございませぬ」

即答した兵庫に、藤兵衛は「頭の固い男だ」と苦笑した。

## 八．尼崎城

尼崎は、江戸や京、大坂ほどではないにしても相当の賑《にぎ》わいを見せている城下町だ。

「どうじゃ、兵庫。美しいであろう」

兵庫を呼びつけた幸利が、馬上から上機嫌に言った。その声に顔を巡らせ、城を見やる。

「噂以上の名城でございますね。特に天守が素晴らしい」

世辞ではなかった。尼崎城は海に面して建てられた城だ。城づくりの名手、戸田氏《うじ》鉄《かね》が築城技術の粋《すい》を凝らした城だった。

天守は四層四階建て。いまは幕府が目を光らせていることもあり、天守を持つ城は少ない。この近辺では尼崎城と姫路《ひめじ》城ぐらいである。幸利が城を自慢するのも当然であろう。

ただ、泰平の世では、せっかくの天守も舟で大坂入りする際の目印に成り下がっているが――。

「城の辺りは琴の浦と呼ばれておる。奇遇にも、奥と同じ名じゃ」

江戸を離れて二週間。すでに妻女が恋しいのか、幸利の声に湿った調子が混じったが、すぐに気を取り直して城主の顔になった。

「兵庫。帰国直後は何かと慌ただしい。家老の佐藤仁右衛門には話を通しておく。励め」

言うだけ言うと、幸利は馬を進めた。

だが、藤兵衛に「古だぬき」と評された佐藤仁右衛門と面会できたのは、尼崎へ着いて数日経ってからだった。兵庫を呼びつけた癖に不在、ということが度重なり、徒士頭の杢左が「お戯れもほどほどになさらぬかっ」と声を荒らげてやっと叶った対面だった。

その杢左は「何かあったら助太刀に入る」と同席を申し出てくれた。

「何度も無駄足を踏ませたようだな。何せ忙しゅうてな」

本丸の家老部屋で、仁右衛門は悪びれもせずに言った。押し出しのいい体軀に丸顔。確かにタヌキに似ている。額に刻まれた皺《しわ》のせいか、三つ上の幸利よりも老けて見えた。

仁右衛門は兵庫がまとめた、新たな家臣の親類書をトントンと指で叩いた。

「これをまとめたのはおぬしだそうじゃな。人相、体軀、経歴、宗旨はもとより、得意な武術などの子細は、差配する折に大いに役立とう」

褒めておきながら、兵庫を鋭く睨んだ。

「だが、おぬしのものがないぞ。食客と言えども例外ではない。それとも、表に出せないような事情でもあるのか？」

さすがに抜け目ないな、と思いながら、兵庫は素直に頭を下げる。

「うっかりしておりまして、失礼仕りました。水戸にて仕官しておりましたが、病を得たため引かせていただいた由。殿にお声がけいただくまでは、しがない牢人でござりました」

御三家である水戸の名に、仁右衛門は一瞬、臆したように見えたが、すぐ居丈高に言った。

「殿の命による雇い入れにかかわること、うっかりとは何事ぞ。書き足しておけ」

兵庫は「承知」と深々と頭を下げた。

「戸ノ内。江戸で雇い入れた牢人どもは相当気が荒いそうだな。城内、城下によらず、不始末があれば、おぬしに責を負ってもらう。その心づもりでおれ」

殿の肝煎《きもいり》の兵庫を放逐したい、という態度を仁右衛門は隠しもしない。

確かに、新たな男が六十人も加わった此度の交代道中では、喧嘩《けんか》が絶えなかった。

生まれや育ち、仕官していた家も異なるためだ。

特に、自分たちが生まれもしていない頃の戦・大坂の陣で、「先祖が東西のどちらについたか」が火種になることも多かった。

辛《かろ》うじて、一人も欠けることなく尼崎にたどり着いたものの、元牢人と先祖代々青山家に仕えている譜代の者たちとの小競り合いが多く、兵庫や杢左が何度仲裁に走ったかわからない。いつ不始末が起きても不思議ではないのだ。

不始末を明らかに期待している家老の顔を、兵庫はまっすぐ見つめた。

「恐れながら申し上げます」

むっ、と仁右衛門の眉間に皺が寄った。

「彼の者たちは青山家に雇い入れられ、家臣となりましてございます。すでに牢人ではござりませぬ」

「おう、確かにそうだな」

杢左が膝を打ち、仁右衛門の眉間の皺が一層深くなった。

「時にご家老。若君が江戸へ出立なされてから、こちらでも近郊より新たに二十名を雇い入れたと聞いております。選別はどなたが？」

黙してしまった仁右衛門に代わり、杢左がまたもや口を挟む。

「ご家老が選りすぐられた、と聞きましたぞ。ということは、その者どもに不祥事があれば、ご家老が責を負われるということですかな」

仁右衛門はギロリと杢左を睨んだ。

「それぐらいの心意気で奴らを統率してほしい、ということだ」

「ご家老。その二十名の者についても親類書をまとめとうございます。ご家老はご多忙でしょうから、どなたか、手伝ってくださる方をご紹介いただきとうございます」

仁右衛門は「徒士衆の川村外記《かわむらげき》が詳しい」と素っ気なく言った。


「まこと、タヌキそっくりであった……」

家老部屋を出てすぐ、兵庫が独り言ちると、不快そうに顔をしかめていた杢左が噴き出した。そのまま連れ立って、城外の砂州へ向かう。

「それにしても川村外記の名を挙げるとは、ご家老も意地が悪い」と杢左が鼻を鳴ら

存在だ。


した。

「川村外記か……」

仁右衛門が雇い入れた外記は若い上に見目麗《うるわ》しく、大所帯の徒士衆の中でも目立つ存在だ。

しかし、愛想はよくないし、「どこぞの姫君のよう」などとからかう者を鍛錬のときに手ひどくやりこめるものだから、それがまた新たな火種を生んでいる。もめ事の仲裁に行くと、大抵、外記の姿がある。

「剣の腕が立つことは確かだが、口数も少ないし、何を考えているのかよくわからぬな」

兵庫が呟くと、杢左がニヤリと笑った。

「では、酒でも酌《く》み交わすか！　さすれば、少しは気心も知れるだろう。川村のような美男に酌をされての酒はきっと美味いぞ」

「杢左。飲む理由が欲しいだけだろう。それにそういうことを言うから川村も機嫌を損ねる」

「向後、気を付けるとしよう。さぁて、どこの店がよいかのう」

杢左の気持ちはすっかり、城下の料理屋へと向かっている。「おぬしは酒に溺《おぼ》れなければよい男なのだがな」と笑いながら、兵庫は背後の本丸を振り返った。

杢左には言わなかったが、家老部屋の次の間に、何者かが潜んでいる気配があった。その気配は、二人を追いかけては来なかった。

内密の話は城内ではないほうがよいな、と兵庫は眼前に広がる白い砂州と青い海に顔を戻した。


「なんと生意気な若造よ」

佐藤仁右衛門は舌打ちをした。幸利から「気楽に論じたいから、戸ノ内兵庫を近習《きんじゅ》にせよ」と言われてはいるが、あんな男を家中に入れるなど、言語道断。帰国後の大坂城代、大坂定番《じょうばん》への挨拶回りや、急増した家臣の住まいや所属の手配に取り紛れて、忘れたことにしておいてよかった。人望のある徒士頭の山田杢左衛門とすっかり親密になっていることも気に食わない。

兵庫と杢左が座っていた辺りを睨みつけていた仁右衛門は、ややあって、奥の襖《ふすま》に声をかけた。

「外記。戸ノ内兵庫をどう見た」

すっと開いた襖の向こうでは、色白で目元が涼やかな青年が控えていた。

「頭が切れ、口がよく回りまする。恐れながら、と言いながら、ちっとも恐れておりません。かなり不遜な者でございます」

仁右衛門は手にしていた扇子《せんす》をパチリと閉じた。

「フン。殿の後ろ盾があればこそ、あのような態度になるのじゃ。大方、江戸の朝比奈藤兵衛にワシのしっぽを摑《つか》んでこいなどと言い含められてきたはず。ならば、こちらはあの傲岸《ごうがん》不遜な男を使って、あちらの足を掬《すく》おうぞ。戸ノ内の動向をしっかりと見張れ」

「はっ」

川村外記は頭を下げると、音もなく部屋を出て行った。

## 九．喧嘩両成敗

のんびり砂浜に近づいていた兵庫と杢左だったが、取っ組み合いをしている男二人を見るや、慌てて駆け出した。

「やめんか！　貴様ら、何をしておる！」

李左が身体を押さえつけたのは、江戸で兵庫とサヤを襲った大原岩之助だった。

「この野郎っ、一発ぶん殴ってやんねぇと気がすまねぇっ」

兵庫が羽交い絞めにしている野村角兵衛《のむらかくべえ》も、「よそモンが大きな顔してるからやろがっ」と砂を岩之助のほうに蹴散らす。逆風だったため、蹴った砂はすべて兵庫と角兵衛にかかった。

「か、角兵衛さん、ちょっとお待ちください」

兵庫が羽交い絞めのまま角兵衛の身体をズルズル引っ張った。農家出身の角兵衛は兵庫よりも小柄だが、畑仕事で培った足腰の強さ、腕力には自信があった。

だが、いくら足掻《あが》こうとも、角兵衛を拘束している腕はビクともしない。角兵衛が肩越しに兵庫を見た。

「アンタ……見た目と違《ちご》て、えらい力持ちやな」

「ありがとうございます」

兵庫は角兵衛を風上に移動させると、「さ、存分にどうぞ」と煽《あお》った。その煽りに角兵衛が面食らっているうちに、風向きが変わった。

「あ、ちょっと待ってください、今度はこちらに」と兵庫がまたズルズルと角兵衛を引っ張る。

「もうええわいっ」

角兵衛の声に笑いが滲み、周りからも笑いが起きた。兵庫はそっと腕を解いた。

「乱暴な真似をして、申し訳ございません」

「いや……こっちもちょっとカッとなっとったから……」

ことの起こりは、岩之助が角兵衛の刀をからかったせいだった。角兵衛の父は帰農した郷士《ごうし》だ。青山家が広く家臣を募っていると聞きつけた角兵衛は「主に仕える侍になりたい」と一念発起した。生家を出る折、「餞別《せんべつ》や。好きなものを持ってけ」という言葉に甘えて、錆《さ》び付いていない刀を倉から持ち出した。

村の百姓たちが争乱の時代に拾い集めたものが大半で、近頃流行《はや》りの刀と比べて、刀身が短く、それを岩之助に馬鹿にされたのだ。

岩之助にしても追いはぎをせざるを得ない牢人暮らしだった。他人の刀をどうこう言えるのだろうか、と見てみれば、岩之助の腰のものは真新しく、刀身が長かった。

そのとき、兵庫は徒士衆たちの中にスルリと潜り込んだ男を目の端に捉えた。川村外記だ。本人はさりげなく動いているつもりなのだろうけれど、やはり、目立つ。見目よいのも考えものだな、と兵庫は苦笑した。

「貴様ら、鍛錬の場でもめ事とは何事ぞっ。いまのような喧嘩を殿が見られたら首が飛ぶぞっ」

杢左が叱った途端、「あっちが悪い」と双方から声が上がる。止める側だった杢左の配下の者たちも気色《けしき》ばみ、またもや一触即発になるのへ、兵庫がやんわりと口を挟んだ。

「どうでしょう。尼崎で雇い入れられた者もおるわけですし、呉越同舟《ごえつどうしゅう》、酒を酌み交わすというのは」

酒、と聞いて、全員が兵庫を見た。

「うまい店をご存知の徒士頭殿が、酒を奢《おご》ってくれるそうですよ」

途端に歓声があがる。

「ひょ、兵庫っ！　殺生《せっしょう》なことを抜かすなっ。いかん、料理屋はいかんぞっ。せめてワシの家にしろっ」

杢左が慌てふためき、笑いが起きた。

兵庫はさりげなく川村外記を探した。輪の中にはいるが、笑いもせず、浮かれもせず、無表情に海を見ていた。

## 十．仁右衛門の思惑

「家臣が一人、致仕を願い出ました」

家老の佐藤仁右衛門からそう聞いて、青山幸利は青筋を立てた。

「またか！　どいつじゃっ。何故じゃっ」

「騎馬隊の山口《やまぐち》という男です。先日の外乗り中に落馬して、その傷が癒える気配がないそうで」

理由は致し方ないが、来て早々、人が欠けては示しがつかない。幸利は見舞金と医師を差し向ける手配を言いつけると、吠えた。

「戸ノ内兵庫を呼べ！」

騎馬隊の山口は江戸で雇い入れた一人だ。兵庫ではなく、江戸留守居役の藤兵衛が雇い入れた者だが、幸利にその区別はない。

真っ赤になって吠える幸利に、仁右衛門はほくそ笑んだ。これで目障りな男をとっとと城から追い出せる。何をしたというわけではないが、あの男は長く置いておいては危険だ、という予感がしていた。

動向を探らせている川村外記は「戸ノ内兵庫は人あしらいが上手《うま》い」と言う。「どう上手いのだ」と聞けば、「わかりませぬ。ただ、話した者は戸ノ内に良い印象を持つようです。穏やかに話を聴いておるだけに見えるのですが」と外記も首を傾げる。

新入りの者どもが幸利派に取り込まれてしまっては、元も子もない。恩顧の家臣が年々減り、強引でわがまま、癇癪持ちの殿に不満を持つ者は増えているが、「では、世子、幸実につこう」という者はそれほど多くはないのだ。何せ、幸実は病弱の上、頼りない。家臣を引っ張っていく魅力もない。

幸利にしても、公儀に跡目届け済みにもかかわらず、幸実に期待をしていない様子である。藤兵衛が「若君に万が一があっては大変でございます、側妾《そばめ》を」と勧めても、「万が一のときは、青山本家から養子を取ればいいではないか」と言ったらしい。

幸利にしてみれば、己の血を引く世子を是非にという強い気持ちはなく、青山の名さえ残ればよいのだ。

幸実は傅役《ふやく》（教育係）を長年務めてきた仁右衛門に全幅の信を寄せている。旧態依然とした幸利の方針に反発するようになったのも、仁右衛門の教育の賜物《たまもの》である。

直情型で敵も多い幸利はいつかしくじる、その折には幸実を立てて、と思っているのだが、短気で癇癪持ちの癖に、幸利は妙に冷静なところがあった。すぐに「叩き斬る！」と喚《わめ》くが、実際に粛清することは稀である。酒もほとんどやらず、遊びも鷹狩《たか》りぐらい。女にも男にも溺れない。

これほど身持ちが固ければ、不行跡を訴え出ることもできない。幸利自身も「攻めにくい城」なのだ。その「城」が、戸ノ内兵庫を引き入れたことで、より守りを堅固にしようとしている。

「外記。おぬしも戸ノ内兵庫と話をしてみよ。どのように家臣たちを懐柔しておるのか、調べてこい」

口数が少なく、愛想のない外記には荷が重そうだが、他に適任がいない。仁右衛門にしても、兵庫とは一度話しただけだった。

優男のくせに生意気で不遜、という兵庫に対する印象は、家臣の致仕に怒り狂った幸利が呼びつけたこの日、さらに悪化した。

# 十一・元の鞘《さや》に収まる

呼び出されて怒号を浴びせられても、兵庫は飄々《ひょうひょう》としていた。そのせいか、幸利の怒りはなかなか収まらない。平伏するなどして怒りを鎮める様子を見せれば、少しは落ち着かれようものを、と仁右衛門は兵庫の頑《かたく》なさにやや呆れた。実は愚鈍なのではないか、と思ったほどだ。

幸利は冷めた白湯《さゆ》をグビッと飲んで喉を湿すと、さらに怒鳴った。

「その上、なんだ、新入りどもはっ。あんな長い刀を差しおってっ」

ここでいきなり、兵庫が口を挟んだ。

「長い刀はお気に召しませぬか」

「当たり前だっ。貴様も剣を使うならわかるであろうっ。あんなに長《なご》うては瞬時に抜けんっ。下手をしたら相手を斬るより先に己の指を切り落とすぞ！　抜けたとしても、間合いは取れるが、扱いが難しいっ。まったく、何故あのような刀をっ」

近頃、家臣たちはこぞって長い刀を差しだした。特に徒士衆たちは長い刀を差し、得意げに闊歩《かっぽ》している。仁右衛門にしても内心、愚かしいと思っていたのだ。

ところが、兵庫は幸利を見つめながら奇妙なことを言い出した。

「殿。おかしいとは思われませぬか。仕官が叶ったとは言え、頂戴いたしましたのは当座を凌ぐ程度の銀。それなのに、皆が皆、刀を新調するなど」

ワシを吝嗇と申すか、と怒鳴りかけて、幸利はハタ、と兵庫を見つめた。

「――何か、あるのか」

「まさか」と仁右衛門は思わず口を挟んだ。

「どこぞの村を襲って刀を強奪してきた、などということは」

「そんなことはござりませぬ。徒士衆が差したる長い刀、新調したのは鞘だけでござります」

「鞘だけ……？」

幸利は怪訝《けげん》な顔をしたが、すぐに顔色をなくした。

「待てっ。中身は元の刀のまま、ということか。いったい、何の意味があるのだっ」

「見映えだけでござります。どうやら京では長い刀が流行っておるとか」

幸利ばかりか仁右衛門も絶句した。

「見目よき者をお好みの殿ならば、いま流行りの長い刀を差している姿のほうがお好きであろう、と考えたようにござります。少しでも殿の御眼鏡《めがね》に適《かな》うように、と切実なる願いから出た行いでござります故、あまり厳しくお咎《とが》めなされぬようお願い申し上げます」

幸利は頭を抱えて呻いた。

「兵庫……！　言うたであろうっ。見目は不問じゃ、と。近習や小姓として腕の立つ者を選んだら、たまたま、見目よい印象の若い者たちだった、と申したなっ？」

「左様でございました」

幸利のこめかみに血管が浮かんだ。

「奴らのやっていることが見当違いだとわかっておるなら、早急に正せっ」

「恐れながら、申し上げます」

静かだが凛《りん》とした声に、仁右衛門はぎょっとした。殿に面と向かって進言するのは、藤兵衛や仁右衛門ら家老に限られている。幸利は愚かではない。進言されると不機嫌にはなりながらも、とりあえず耳を傾けるのだが、大抵の者は幸利の癇癪に怯え、逃げ腰になって進言などもっての外《ほか》、となってしまう。

ところが、新参者の兵庫は言葉とは裏腹に恐れもせず、言い放った。

「殿のお気に添うように、と知恵を絞る者たちにしてみれば、私が正したところで、出世を邪魔されたとしか思いませぬ。殿御自ら、お正しいただければと存じます」

「……貴様。面倒をワシに押し付けようとしているのではないのか」

「殿。面倒などと仰せになってはなりませぬ。これはかなり大きな一手でございますれば」

この男、殿に説教をしている——仁右衛門は兵庫の無礼ぶりに一瞬気が遠くなった。

幸利は幸実のためにも追い落としたい相手ではあるが、だからと言って殿を軽んじるなど言語道断。兵庫は斬り捨てられても文句は言えまい。

だが、城内で刃傷沙汰はご法度である。止めねばと腰を浮かしたとき、己が本願を思い出した。「暴君を追い落とし、幸実を担ぐ」という野心である。

城内で殿が刃傷沙汰など、願ったり叶ったりである。不行跡として届け出れば、一気に処断されよう。改易されずにどう届け出るべきか、と考え始めたとき、幸利が舌打ちをした。

「兵庫。そうまで言うのならば、何か策があるのだな？　申せっ」

幸利はこれほどの無礼にも冷静だった。仁右衛門は内心、歯嚙《はが》みした。

「はっ。殿からのご指摘を受け、徒士衆は鞘を戻さねば、と考えるはずです。しかしながら、元の鞘は売り払ったあとにございます」

「愚かなことを」

「まことに。そこで殿には、買い戻しはならぬ、と仰せいただきます」

「それでは長いままではないかっ」

「そこでございます。殿ならば、刀身に合わぬ長い鞘を使わざるを得ないとき、どうされますか？」

幸利は手にした扇子をバチリと音がするほどの勢いで閉じた。

「容易いこと。鞘の余分を切り落とせばよいだけじゃ」

「さすがは殿。まことに無駄のない、優れたお答えと存じます。時に、殿。明日はご在城と伺っておりますが」

「おい、貴様。なぜ、それを知っておるっ」

仁右衛門は思わず気色ばんだ。幸利の予定は、限られた者にしか知らされていない。他の者が知り得ないことを知っている、ということが仁右衛門の優位の一つである。

そういった秘密を漏らす者、探る者――つまりは間者をこの男はすでに城に入れているのか、と仁右衛門は一層緊張した。

「料理番の動きを注視しておれば、行き先はともかく、いつごろお出かけでお戻りはいつか、ということは分かります」

仁右衛門は呻いた。間者ではない、と安堵はできなかった。たった十日ほどで料理番まで懐柔している手際の良さが気に食わない。

「仁右衛門。明日は兵庫の言う通り、ワシは城におるのだな？」

「左様でございます」

仁右衛門は渋々頷いた。

「兵庫。ワシが明日、在城ならば、なんだ？」

「鍛錬の成果を見て回っていただきとう存じます。非番の者も殿のお言いつけで登城しております故、鞘の先を落とすはいっぺんに済みまする」

「まさか、その鞘をすべてワシに切り落とせと申すかっ」

徒士衆だけで八百はくだらない。思わず、大きな目をむくと、兵庫は首を横に振った。

「滅相もございませぬ。それは私や杢左にお命じください。叱責するのではなく、どうすればよいのか、を示してやることで、我が殿は無駄を嫌う、知恵の回るお方だ、と気づく者も多いのではないでしょうか」

幸利は再び、扇子をパチリと鳴らした。

「なるほど、それは良き案だな。腕力や武術に重きを置いているから家臣の頭は空っぽ、なんぞという噂も消える！　よし、仁右衛門。明日は鍛錬を見て回るぞ」

そして、幸利は兵庫を眺めた。

「ふん、やはり、おぬしは面白い。仁右衛門、こやつをさっさと近習に致せ。さすれば、いつでも呼びつけられる」

この頭と口の回る男が殿のそばに張りついていては、足を掬うことが難しくなってくる。おまけに、今は川村外記と同じ侍長屋に住まっているが、近習となると城内の部屋住まいになってしまう。

仁右衛門が反対する言葉を探し出す前に、それまでニコニコしていた兵庫が固い表情で、「それは辞退致したく存じます」と頭を下げた。

「何故じゃ」

「殿をお守りする自信がございません」

幸利がクッと笑った。

「寺でワシ相手に大立ち回りをしたくせにか」

もはや、動じることに疲れた仁右衛門も、さすがにぎょっとした。殿に刃を向けたということか！

「私の剣は逃げる一方。寺でも逃げることしか考えておりませんでした。腰抜けでございます。そもそも、私は殿のご帰府までのお約束でございますれば」

何を意固地になっているのか、と仁右衛門は首を傾げた。正式に青山家家中に入る機会をむざむざふいにするとは。やはり、この男は胡散臭い――。

わかったわかった、と幸利は頷き、「ならば、相伴衆《しょうばんしゅう》だ」ということに落ち着いた。

食事を共にしながら話題を供する相伴衆は、城外から来ている漢方医や学者など数名いる。兵庫が幸利と言葉を交わす時間はそれほど多くはないだろう。常に張り付く近習よりは幾分マシに思えた。

仁右衛門も多忙である。毎度の食事に同席するわけではないから、兵庫が何を言うかを押さえておくために、外記をどうにかして近習か小姓に潜り込ませねば、と真剣に考え始めた。

膝退《しったい》しようとした兵庫に、幸利がいきなり声をかけた。

「兵庫。半人前は息災か」

兵庫は驚いたように所作を止めたが、すぐに笑みを浮かべた。

「甚吉でございますね。はい、それはもう毎日楽しく務めておるようです」

「あまり、台所でウロチョロしておると鼠と間違われて斬られる、と注意しておけ」

幸利の言葉に、仁右衛門はハッとした。兵庫と料理番をつなぐ線を見落としていた。江戸から来た半人前の少年、甚吉だ。

大人びた物言いはするが、体格も腕力もまだまだ徒士衆としては不適格であったため、兵庫があちこち掛け合って、なんとか料理番に引き受けさせたのだ。

殿の口に入る食材はもちろん、刃物に近づくことも許されない。掃除と皿洗い、そして、毒見用の金魚と犬の世話を文句も言わず、せっせとやっているが、その働きぶりは上々だ。

「殿のお言葉、大層喜ぶことでしょう」

幸利にしてみれば、兵庫と仁右衛門双方に、やり過ぎぬようにと釘《くぎ》を刺したまで。だから、兵庫の言葉に眉間の皺を深くした。

「喜ばせるようなことを言うてはおらぬぞ」

「お尋ねになったということは、甚吉のことを殿が知っておいで、ということ。これ以上ない栄誉でござりまする。さらに名まで覚えていただければ、より一層、殿のために尽力するでしょう」

兵庫はにっこり微笑むと、「失礼仕ります」と退がっていった。幸利は脇息《きょうそく》に肘《ひじ》を預けた。

「どうだ、仁右衛門。食えん男であろう？」

「食うたら腹を壊しそうな男でござりますな」

苦々しい顔で仁右衛門が吐き捨てる。

「おぬしが冗談を言うなど、珍しい」

幸利はカカカと笑ったのだった。

翌日――。

「何をしておる！　とっとと大工方に行って、鋸《のこぎり》を借りてこんかぁ！」

幸利が怒鳴りつけたとき、徒士衆一同は飛び上がり、ひれ伏したが、外記は平然としていた。仁右衛門から「殿が、徒士衆のあの馬鹿げた刀の鞘を切るぞ」と耳打ちされていたからだ。

兵庫と杢左が大工方へと駆けだしたあと、外記は「殿の気分を害した、斬首される」と真っ青になっている徒士衆たちを促し、刀身を鞘から抜いて並べさせた。懐から矢立を取り出し、切るべき箇所に手早く印をつけていく。

仁右衛門はその様子を、ヨシヨシと頷きながら眺めていた。要領の良い者がおりますよ、と殿の気を引き、近習か小姓にでも格上げさせる心づもりだった。

だが、幸利が先に呟いた。

「仁右衛門。杢左は、ずいぶんと気の利く者を使っておるようだな」

目は黙々と作業をしている外記に向いている。若き見目よい青年は、元百姓や擦《す》れた暮らしをしていた元牢人たちの中で異彩を放っていた。

「あれは川村外記と申す者です。なかなか見どころがある若者でございますよ。口数は少のうございますが、見目よく」

だが、幸利はわずかに眉間に皺をよせ、「川村、外記、とな……」と呟いた。

「殿、何か？」

「いや。覚えておこう」

杢左と兵庫が鋸で鞘を切り落とす作業にかかったのを見て取ると、幸利は「戻るぞ」と背を向けた。

兵庫が相伴衆に、外記が近習に取り立てられたのはその翌日のことだった。

「外記、よく機転を利かせた」と満足そうな仁右衛門に、外記は頭を下げた。

「ご家老から事前に聞いておりました故」

「うむ。まあ、新参者の過分な取り立て、口さがない者もおるだろうが気にするな。それにおぬしの出世のおかげで、引き続き、兵庫の言動を追うことも容易くなった。あの曲者《くせもの》が殿によからぬことを吹き込まぬよう、せいぜい見張れ」

曲者、と聞いて外記はあることを思い出した。

「そういえば、あの刀の鞘でございますが」

「うむ？」

「長い刀が買えぬ、とぼやいた者たちに、鞘だけを長くすればよい、と教示したのは戸ノ内兵庫でございました」

酒の席の話だ。外記はそのとき、いたく感心したのだ。後で仁右衛門から兵庫が殿に進言したと聞いたときに、出世のために策を弄したのだなと思ったが、外記は特段気にしていなかった。

兵庫の大願が何かは知らぬが、それぐらいのことをせねば、本願に達することはできない。外記自身、家老と兵庫に乗る形で出世が叶った。外記の本願にも一歩大きく近づいたのだ。

## 十二・新参者

刀の鞘だけ長くするという愚挙をなしていた徒士衆たちを叱ることなく、鞘の先だけを切らせた殿の機転は城外までも知れ渡った。

「昨日、鍼師《はりし》の田所《たどころ》殿のところに参ったが、鞘の話が出たぞ」

相伴衆の兵庫をわざわざ居室に呼びつけ、幸利は上機嫌な顔で言った。確かにあの一件で、城内の雰囲気がよくなった、と仁右衛門は少々苦い思いで兵庫を眺めた。

「我が殿に優れたところがあれば、我がことのように話してみたくなるものです」

仕組んだ兵庫はケロリとした顔でいい、次いで、その顔を引き締めた。

「殿、これを機に、家臣団を一枚岩にしとうございます」

「いまは違う、と言いたげじゃな」

「はい。家臣にはいくつかの固まりがございます。まず、譜代の家臣とその従者」

仁右衛門は内心ヒヤッとした。まさか、幸実派のことを持ち出すのではあるまいな、と危惧したのだ。

幸利とて、幸実派のことも、仁右衛門が幸実派を牽引していることもすでに存知よりだ。知っていて知らぬフリを決め込んでいるのは、ひっくり返されない絶対の自信があるからだろう。

仁右衛門の父は、幕府の老中だった土井利勝《どいとしかつ》に長く仕えていたことから、幕府筋に近しい者が多く、城改築の申し出など少々の無理も通る。だから、幸利は仁右衛門の腹をわかっていながら重用しているのだ。

兵庫が「そして、譜代の家臣団と大きく対立する固まりは」と言い出し、仁右衛門は思わず腰を浮かせたが、「新参の者でござります」と当たり前の言葉を続けたから、ひとまず何気ない顔で座りなおした。

「新旧の家臣が対立するのは当然であろう」

幸利の言葉に頷くと、兵庫は懐から小さな巾着《きんちゃく》を出し、碁石を取り出した。白と黒の碁石を六つずつ、小さな山にして向かい合わせる。

「戦のときは眼前に明白な敵がおりますから、この二色の碁石は同じ方向に向かいます。ところが、いまのような一見泰平の世ですと厄介です。明白な敵がおらぬからです」

何を当たり前のことを、と幸利は険しい顔で続く言葉を待っている。

「さて——いまの青山家で申しますと、こちらが譜代の家臣団」

兵庫は白の碁石の山を、幸利が座っている側にそっと押しやった。

「対して、この黒い碁石は新参の者たちです。これがいくつかに分かれます」

二本の指先が、碁石を四つ取り出した。

「こちらは、江戸で雇い入れた者たち。残った二つが、近郊で雇い入れた者です」

幸利が真剣な目で碁石を見つめる。夏の陣の翌年に生まれた幸利は、乳兄弟の朝比奈藤兵衛とともに、双方の父から大坂の陣での戦記を子守歌がわりに聴いて育った。だから、碁石を家臣に見立てる、軍議のような見せ方には興味を持ちやすい。

それがわかっていてのやり口か——仁右衛門は忌々し気に兵庫を睨んだ。

「この二つの山、東と西という風土の違う土地で育ったため、味の好みも言葉も違いますれば、それぞれを敵と見立てる気持ちが起きます」

「競い合うのはよいことではないか」

「殿の仰せの通りです。競い合うのならばよい。しかしながら、明白な敵がいない今、対立相手は恰好《かっこう》の敵なのです。これまたややこしいのが」

兵庫は四つの黒石のうちの一つをついっと、二つの黒の碁石——近郊で雇われた者——に近づけた。

「生まれ育ちとは別に、大坂の陣で、ご先祖や親類が東西どちらの軍だったか、という対立もあります」

「む」

「当然、権現さまをお助けした東軍の者は西軍を敗北者と考え、西軍は東軍を卑怯《ひきょう》な手で攻め入った侵略者と思っておりまする」

「戸ノ内！　口が過ぎるぞ！」

仁右衛門は思わず声をあげた。

東軍が約束を違《たが》え、不落と言われた大坂城の濠《ほり》を埋め、真田《さなだ》の出城を壊して城を攻め落としたのは事実であるが、それを徳川方の忠臣、青山の殿の前で言うとは！

だが、兵庫はケロリとして言った。

「子守歌でござりますよ」

「なんだと？」

「私の祖父は東軍についておりました。子守歌がわりに微に入り細に入り、当時の合戦の様子を聞かされたものでございます。恐らく、そういう者が多いはず」

「なるほど。ワシもそうであった。ワシの父が秀忠《ひでただ》さまの側仕えであったからな」

幸利が懐かしそうに目を細めた。兵庫は軽く顎を引くと、三つに分かれた黒石の中から、一つずつ抜き出した。

「此度雇い入れられた者は、侍だけではござりませぬ。元は百姓や商人、はては盗賊だった者までおりまする。侍としての矜持や所作、決まり事などがわからぬという負い目がある。そこを馬鹿にされるために、生まれながらの侍を敵視する向きもございます。逆もまたしかり。百姓や商人の出の者は、刀が使えても生活の知恵がない侍を愚か者、と軽く見る向きもあるのです」

「兵庫。簡潔に申せ。つまりはどういうことだ?」

兵庫は六つの黒石を散らした。

「家臣がこれほど細かく分かれ、各々《おのおの》対立しておっては大層脆《もろ》うございます。有事の際は、無様に散るでしょう」

瞬時に顔を真っ赤に染めた幸利だったが、怒鳴りつけはしなかった。

「恐れながら、申し上げます」

幸利はジロッと兵庫を睨み、仁右衛門は何が飛び出すか、と少々身を固くした。この「恐れながら」のあとにはロクでもないことを言い出すのだ、この男は。

「まず、青山家はどの方向に進むのか、ということを皆に御指南くださいませ」

「指南だと？」

「固まりにするには時がかかります。正直、不可能に近い。しかしながら、同じ方向に向けるだけなら容易いのです」

兵庫は六つの黒石を両手指で押さえると、一方向に向かってズイッと動かした。

「さすれば、内情はともかく、外からはまとまっているように見えます。刀の鞘の件で、次に殿が何をなさるか、皆が注目しております今こそ、指南のときです」

「うむ」

幸利は唸《うな》った。確かに今ならば、己の声が皆の耳に間違いなく届く、という確信がある。

「殿は浄晃寺で仰せでした。大坂城を守ることが尼崎城の役目だ、と。これにお言葉を添えていただきとうござります。大坂城を守るとは即《すなわ》ち、徳川の泰平の世を守ること。泰平の世を守るは即ち、家臣たちとその家族の暮らし、果ては子々孫々を守ることに繋がる、と。己が為に大坂城を守るのだと、家臣に気づかせていただきたいのです」

幸利は即座に頷いた。

「相分かった。八月の馬揃えがよいだろう」

頷き合う幸利と兵庫を見ながら、仁右衛門は泰然を装っていたが、(このままでは殿の威が強くなる)と苦々しい想いを嚙みしめていたのだった。

## 十三　荀子《じゅんし》の生殺与奪

ところが、馬揃えの前に幸利の評判は上がっていった。幸利が古参・新参を問わず、家臣に声をかける際、必ず、名を呼ぶようになったからだ。

「殿がワシの名前をご存知だったとは……!」

大きな喜びと驚きのせいで、誰も皆、気づいていなかった。そういうときには必ず、料理番の下働きの小僧が水筒を抱えて殿のそばに侍《はべ》っていることを。

交代道中で全員の名と顔を覚えた甚吉を、徒士頭の杢左は重宝していた。料理頭と話をつけ、手すきのときに伝令をさせていたのだ。

大層便利と杢左が吹聴したため、他の者たちも甚吉を便利に使いだし、今や甚吉の頭には家臣全員の名前と顔が入っている。

兵庫はその甚吉を、幸利が城内を巡見する際、そばにつかせた。

幸利が顔を向けた相手の名前を、甚吉が素早く囁く。「持筒《もちづつ》同心の鳴尾《なるお》平左《へいざ》です。京」「髭のほうが普請方小奉行の坂岡市兵衛《さかおかいちべえ》です。江戸」といったように。

「これは便利じゃ。名を呼ばれたときの家臣たちの顔ときたら」

幸利はご満悦だったし、家臣たちの評判も上々、士気も上がった。

ただ、城外での殿の評判は今ひとつ——というか、まったく関心を持たれていなかった。

特に百姓たちは殿どころではなかったのだ。梅雨に入る前から雨が降っていない。稲はもちろん、高く売れる綿まで不作となると、青山家の財政は大きな痛手を受ける。

「綿は暑さに強いはずではないのかっ」

幸利はある日の夕食時、新田開発に携わっている地親（地主）の清兵衛《せいべえ》に不機嫌な顔を向けた。相伴衆に名を連ねている清兵衛は、綿作の指導役でもあった。

「確かに、綿は暑さに強うございます。しかし、今の開花時期には水を大層欲しがります。雨が降らねば花が咲きませぬ。花が咲かねば」

「実もできぬ、か」

「領内の神社で雨乞いをさせておりますが、百姓たちは大層気落ちしております」

「気落ちした挙句、逃散《ちょうさん》などされては困る!」

幸利は仁右衛門を見やった。

「明日は時が許す限り、領内を廻《まわ》るぞ」

「逃散したいなら、させればよいではないですか」

仁右衛門の言葉に、場がシンと静まりかえった。

「何故そう考えるのだ、仁右衛門」

「他領も干魃《かんばつ》で被害を受けているのは同じ事。百姓が足りなくなれば、その飢民を引き入れればよいでしょう。殿には領内の巡見よりも、お目通しいただかねばならぬ書き付けや書状が溜まっておりまする」

「戻り次第、目を通す」と幸利は吐き捨て、「川の状態も知りたい。神崎《かんざき》川沿いに行くか」と呟いた。もう、明日の巡見に思いが飛んでいるのだ。

やれやれ、と仁右衛門が大きなため息をついた。

「殿。一日だけ、ですぞ」と仁右衛門が釘を刺したとき、「殿」と相伴衆の末席から声をあげた者がいる。戸ノ内兵庫だ。

「お供させていただきたく存じます」

「ほう。何故じゃ」

「東と西では植わっている木々や作物も違うと聞いておりますので、この目で見てみたいと存じます」

構わぬ、と言いかけて、幸利は茶目っ気を出した。出会ってから、この胡散臭い男が慌てるところを見たことがない。それどころか、こちらが慌てさせられてばかりである。たまには意趣返しと行きたかった。

「兵庫。厩舎《うまや》に紫気《しき》という馬がいる。それに乗れるならば、ついてきてもよいぞ」

この馬は気性がかなり荒く、乗り手を振り落とす癖があった。幸利以外に乗りこなせた者はいない。乗りこなせぬなら、兵庫の弱みを一つ握ったことになる。乗りこなせるならば、外乗りの少なさに機嫌を損ないがちな紫気を連れ出す者ができたということで、喜ばしい。どちらに転んでも、幸利の損にはならぬのだ。

翌早朝。兵庫はしばし、鹿毛《かげ》の牝馬《ひんば》を撫でさすっていたが、やがて、ヒラリと鞍《くら》にまたがった。紫気は不機嫌そうに前足を掻いたが、それだけだった。気性の荒さを知っている杢左や近習たちがどよめいた。

「持て余すところを見てみたかったのだがな」と正直に腹のうちを漏らした幸利に、兵庫は微笑んだ。

「賢い馬は、人語を解します故」と人を食ったようなことを言い、馬の首を撫でた。

「紫気とはよき名ですね。『紫気東来《とうらい》』――よきことは東からやってくる」

幸利は黙った。名づけの由来を家臣に言い当てられたのは初めてだ。『紫気東来』は中国の詩人・杜甫《とほ》の詩や、老子について記された書に出てくる言葉だ。儒学者などを雇い入れられる旗本の子息ならば見聞きしていてもおかしくないが、一介の元牢人では聊《いささ》か考えづらい。

幸利は兵庫をぎょろりと睨んだ。

もしかすると、この男、大名家の嗣子の話し相手などを務めたこともあるのかもしれない。或《ある》いは、幕府のやり方とことごとく意見を違えた由井正雪《ゆいしょうせつ》や山鹿素行ゆかりの塾にでも通っていたか。

幸利の鋭い眼光に頓着せず、兵庫は尋ねる。

「殿が名付けられたのですか」

「そうだ」

己と同じ掛川《かけがわ》――東から来たという理由で名付けたが、父から引き継いだ青山家を一層よくする、という己の気概も重ねていた。

「青臭いと笑うか」

「滅相もございません。よき名です。ところで、殿。徒士衆を一人、お伴させていただきとうございます」

兵庫は、強張《こわば》った顔で控えている野村角兵衛を示した。

「野村角兵衛です。元は郷士ですから、此度の巡見でお役に立つこともあろうかと」

「勝手にせよ」

幸利はそう言うと、牽《ひ》き出された自分の馬へと近づいて行った。

幸利の手綱さばきは見事なもので、自ら先頭に立って杭瀬《くいせ》村から神崎川沿いに北上していく。大坂と尼崎を結ぶ、神崎の渡しにかかったところで幸利はぐっと手綱を引き、馬を止めた。

進路を阻む者がいる。すかさず前に出た杢左が怒号をあげた。

「何奴！　青山大膳亮さまの御一行なるぞ！　控えろ！」

「大庄屋《おおじょうや》・新谷次郎右衛門《しんたにじろうえもん》と申します。ご巡見の由、聞き及んでおりまするが、殿にはお引き返しいただきたく存じ奉る」

幸利は片方の眉を上げて、次郎右衛門を睨み付けた。どけろ、と杢左に目で合図する前に、馬から降りた兵庫がゆっくりと次郎右衛門に近づいていく。

「新谷殿。理由をお聞かせいただけますか」

「殿をご接待する余裕がござらぬ。この日照りで、余裕がある百姓がおるとお思いか！　お越しいただいては迷惑千万にござる！」

「なんだ、その口の利きようは」といきり立った杢左は、ハッと息を呑んだ。次郎右衛門の背後に百姓たちがひしめきあい、やりとりをじっと見守っている。

近習たちが素早く刀を抜いた瞬間、幸利が「よさぬか！」と一喝した。

「通さぬというならば、他の道を行くのみ」

静かな口調だが、顔は真っ赤でこめかみに太い血管が浮いている。

「……新谷次郎右衛門とやら！　追って沙汰を待て！」

杢左の怒鳴り声を聞きながら、幸利は別の道を行くため、馬の頭を返そうとした。

だが、動かない。む、と見下ろすと、兵庫が馬の轡《くつわ》をきつく握っていた。

「何をしておる……っ」

鐙《あぶみ》にかけた足で肩を強く突いてみたが、兵庫は振り返り、ニコリと笑みを向けた。

「恐れながら、申し上げます」

反射的に気を張った幸利に、兵庫が真顔になる。

「尻尾を巻いて逃げるのですか？　殿は案外と腰抜けでいらっしゃる」

幸利の顔が瞬時に、黒みがかった赤になった。

殿が引き返す様子を見せたため、幸利以外の全員の馬はすでに頭が返っている。兵庫とのやりとりが聞こえていない次郎右衛門は、突然、般若《はんにゃ》のような形相になった殿に息を呑んだ。

「ま、まだ、なにか……？」

震える声で問われても、幸利にもわからない。兵庫の肩を蹴りつけつつ、黙って次郎右衛門を睨みつけるほかない。

そのとき、兵庫が「接待はご無用ですよ」とのんびり口を挟んだ。

「案内もご無用。こちらは殿の領地、見て回るぐらいは構わぬでしょう？」

次郎右衛門の顔が強張った。

「み、見ても何もござりませぬぞ！」

噛みつくように言い返す次郎右衛門に、馬を慌てて戻してきた杢左が「見られて困るものでもあるのか！」と怒鳴った。またもや睨み合う二人に兵庫が口を挟む。

「何もない、その様子をご覧になりたいとの思《おぼ》し召しです」

歯切れよく言った兵庫は、次郎右衛門の背後にひょいっと顔を向けた。

「気遣いもご無用ですので、皆さんも散会いただけますか？」

ざわめく百姓たちはなかなかその場を動こうとしない。

「おい！」

しばし黙していた幸利が声を発した。誰に対しての声かけなのかわからず、全員が馬上の幸利を恐る恐る見上げる。

「ワシは急いでおる。道を空けぃ！」

とにかく、幸利は立腹していた。次郎右衛門ではなく、兵庫に。さっさとこの場から離れて己のやり方に強硬に逆らった理由を問いたださねば、気が収まらなかった。

気迫に呑まれて次郎右衛門が道を譲った。百姓たちも二手に分かれて道を空け、次郎右衛門にならって頭を垂れた。

兵庫が素早く、紫気に跨《また》がり、幸利の隣につけた。

次郎右衛門の襟元から白いものが覗いているのを睨みながら、幸利は馬を進めていく。慌てたのは杢左たちだ。

「あっ、殿っ、お待ちを」

と、幸利は不意に馬の頭を返した。隣の兵庫が「あっ」と声をあげたのに少しだけ溜飲を下げて、次郎右衛門を見下ろす。

「次郎右衛門とやら」

「……はっ」

「誰に何を言われたのか知らぬが、接待できぬことを伝えるぐらいで、大仰な格好をするでない」

次郎右衛門が弾かれたように顔を上げた。次郎右衛門は死に装束を着込んでいた。どうせ、沙汰を待たずに腹を切るつもりだったのだろう。殿の巡見で、大庄屋がそこまでする覚悟は甚だ不可思議である。

だから、とりあえず、幸利は百姓たちにも睨みをきかせた。

「おぬしらのために命を投げ打とうとした次郎右衛門を、ゆめゆめ死なせてはならぬぞ！」

「え？」「新谷さまが？」とどよめきが上がる。

そのどよめきを背に受け、幸利は馬を戻した。紫気の鞍上の兵庫と目が合った。何が嬉しいのか、ニコニコしている。

幸利は馬の腹を蹴って兵庫に並び、その顔を睨みつけた。

「殿、さすがでございます」

申し開きを聞いてやってもいい、と思っていたが、兵庫はいつも通り不遜である。今のところ、首を刎《は》ねたり切腹を言い渡す気はないが、先ほどの驚いた顔だけではどうにも腹立ちが収まらない。

「貴様は真《まこと》、恐れ知らずよの」

「滅相もございませぬ。臆病者でござります」

どの口が言うか――幸利が鼻で笑うと、兵庫は苦笑した。

「私は幼き頃、つまらぬ理由で殺されかけたことがございます。命は助かりましたが、目の前で祖父母を殺されました。あんな辛いことはこりごりでございますし、死というものが大層恐ろしくなりました。だから、先ほど殿が次郎右衛門にお声かけくださってよかった」

「大仰なことを」

「大仰ではございませぬ」

兵庫が馬に揺られながら、はるか先に見える六甲《ろっこう》山系に目を移した。

「『貴賤《きせん》、殺生、與奪《こうだつ》は、一《いっ》なり』――彼の国の儒学者、荀子の言葉にござります。貴賤の差も殺生も、褒美《ほうび》や懲罰も……ありとあらゆることは、上の者が握っている」

「笑止。当然のことではないか」

「はい。ですから、握っている方にしかできぬことがある。次郎右衛門の命は、殿でなければ救えませぬ。他でもない、殿にああまで言われて腹を切るわけには参りますまい」

なるほどな、と幸利は馬に揺られながら考える。だから、この男は「恐れながら」と言いながら恐れぬのか、と得心した。

この男が恐れるのは、人の死だけだ。己の死はどうでもよい、と思っているのだ。だから、大名も、ひょっとしたら将軍さえも恐れるに足らぬのかもしれない。

——まこと、面白き男よ。

幸利はふっと口元をゆるめた。

## 十四・竜骨車《りゅうこつしゃ》

淀川《よどがわ》から分岐した神崎川は、大坂湾へ流れ込む。その土手から田畑を見上げ、幸利は絶句した。

何もない。次郎右衛門が言った通りだった。いや、何もなくはないのだが、稲が葉を伸ばし、綿の葉が茂る——つまり、この時期、緑が広がっているはずの土地は白茶けていた。田は水が涸《か》れ、白く割れている。とっくに生長をやめた稲は多少の青さは残してはいるものの、葉色は悪い。

水路にも水はなく、神崎川の氾濫を防ぐためにつくられた二重堤も干上がっていた。次郎右衛門が見せたくない、と思った訳が飲み込める、と幸利は唸った。

百姓をしていた角兵衛も呻いた。

「こら、ひどいな……草丈が半分ほどしかあれへん……」

「角兵衛さん、あの稲は全部駄目なのでしょうか？　穂が出ているようにも見えますが」

兵庫の言葉に角兵衛が目を細める。

「こっからやったらわからんな。ちょっと見てくるわ。入ってもええよな？」

角兵衛は田んぼに入ると、稲を大事そうに手に取り、検分し始めた。

「どうだ？」

「うむ……。見てみ、稲穂ができとるように見えるけど、中身がないスッカスカや。ただ、こっちは中身が詰まっとるから、全滅っちゅうわけやないな。いま水が張れたらなんとかなりそうな気ぃするんやが」

　そこまで言った角兵衛は、自分の手元を覗き込んでいるのが幸利と気づき、「と、と、殿!?」と素《す》っ頓狂《とんきょう》な声をあげて、尻餅をついた。

「やはり雨待ち、か。しかし、いつになるかわからぬぞ」

　幸利は険しい顔で太陽が照りつける空を振り仰いだ。尻餅をついたままの角兵衛を、兵庫が抱え起こす。

「角兵衛さん、あれはなんですか？」

　兵庫は、二重堤から用水路に斜めにかけられた農機具を指した。長い箱のような形状から何枚もの板が突き出しており、頭と尻に滑車らしき細工が見える。

「ありゃ、竜骨車ですわ。あの滑車を回すと板も動きます。取水……低いとこから高いとこへ水を引き込むときに使うんです」

　兵庫はぐるりと頭を巡らせた。同じものがあちらこちらに据え付けられていた。

「殿。ずいぶんと数がありますね」

「新田開発の折に要望があってな。かなりの台数を据え付けたが、水がなければ無用の長物だな」

　吐き捨てるように言った幸利に、兵庫は笑いかけた。

「それならば、水のあるところに据え替えてはいかがでしょう？」

「馬鹿な。この日照りでどこに水が」

兵庫がゆっくりと振り返り、幸利もつられて視線を向けた方向には――。

「神崎川……神崎川か！　この辺りならば海水も入ってきてはおらぬな！　者ども、手伝え！」

二重堤の竜骨車に突進していった幸利に、杢左や近習たちが慌てふためきながら続く。

「外記！　我らはこっちだ！」

兵庫は紫気に飛び乗ると、馬の頭を巡らせた。

「外記、村へ行って、人手をかき集めろ！」

「承知。おぬしは？」

「さっきの大庄屋と百姓を連れてくる！」

兵庫と外記はそれぞれの役割を果たすべく、馬を前へ前へと強く押した。

「くそう、重い！」

幸利が吠えた。

竜骨車は大きくて重い。神崎川まで下ろさねばならないが、数人では無理である。

そこへ、兵庫が次郎右衛門と百姓の一団を連れて戻ってきた。竜骨車に取りついている侍たちを見て、百姓たちが目を剝く。

「あっ！　あんたら何をしよんじゃ！」

一瞬、もみ合いになったが、幸利が「静まれ！」と一喝した。

「え？　殿……？」

次郎右衛門は目を丸くした。無理もない。いま、汗だくで竜骨車を引きずっている男は到底、先ほどの馬上の殿と同一人物とは思えない有様《ありさま》だった。たすき掛けに柿色の鉢巻きを巻き、全身、土埃《つちぼこり》にまみれている。

その殿が、次郎右衛門にぺこりと頭を下げた。

「次郎右衛門、相すまぬ。見て回るだけと申したが、勝手を致しておる」

「と、と、殿！　そ、そんな恐れ多い……それにしてもいったい何事でございますか？」

「これを神崎川にかけ直すのだ！」

百姓たちは顔を見合わせた。次郎右衛門も狼狽《ろうばい》し、黙り込んでしまった。幸利は一気に不機嫌になった。

「なんじゃ、その顔は！　田畑に水が入るのだぞ！」

「それは助かります。し、しかし、竜骨車は重く、大層壊れやすいのです……」

幸利はそう聞いたところで迷う質ではない。それに加えて、先ほどの兵庫の言葉が背中を押した。

『貴賤、殺生、與奪は、一なり』──己にしかできぬことがある。ならば、成すのみ。

「うつけ者！　稲も綿も待ってはくれぬぞ！　今から川の水を引き込む！」

言って幸利は真っ赤な顔で竜骨車を持ち上げようとした。それに手を貸しながら、杢左が吠える。

「殿のお声が聞こえなんだか！　掛け替えるぞ！　手を貸せ！」

おお！と百姓たちは声をあげ、我先にと幸利のそばに押し寄せた。

「ば、馬鹿者！　一台にそんなにいらぬぞ！　別のところに回れ！」

外記に先導されてきた村人たちも、竜骨車に取り付き、慎重に神崎川へ下ろされていく。

一番先に動かせるようになったのは、幸利たちが下ろした竜骨車だった。満足げな幸利に、兵庫が明るく言った。

「殿、恐れながら申し上げます」

興奮気味だった次郎右衛門や百姓たちが、ぎょっとしたように兵庫を見たが、幸利はもちろん、杢左も近習も慣れっこである。

「なんじゃ」

「せっかく殿のご尽力で据え替えられたのです。田畑に水を流すのは、まず殿の御手ずからがよろしいかと存じます」

幸利は土埃どころか泥まで撥《は》ねた顔を兵庫に向け、ぺちぺちと手押しの心棒を叩いた。

「ワシに、これを押せと申すか！」

辺りは静まりかえった。さすがに無礼だろう、あのお侍さまは斬られるのではあるまいか――次郎右衛門たちが息を潜めて成り行きを見守っていたのだが。

「よう申した！　一度やってみたかったのだ！」

幸利は破顔して、心棒を握った。

「角兵衛！　どうすればよいのだ！」

「はっ」

近づこうとした角兵衛はくっと着物を掴まれた。兵庫だ。戸惑うように見返した角兵衛は、次郎右衛門たちを示している兵庫の目線に気づき、ハッとした。

「あ、ええっと、殿、申し訳ございません。私がおりました村では足踏みのものでしたので、不案内にございます。ここの者に聞いたほうがよろしいかと」

「相わかった、次郎右衛門！」

「はっ。皆の者、殿に手をお貸ししろっ」

次郎右衛門が数人の百姓を前に押しやった。殿と並んで反対側の心棒を押す者、殿に握り方を教える者、踏ん張り方を教える者、前で声を掛ける者……。

幸利が心棒を押し、いくつもの板が動き始める。神崎川の水が少しずつ竜骨車の樋《とい》に送り込まれ、そして、二重堤へ――。

その瞬間、大歓声が起こった。

四半刻ほど心棒を押した幸利は、李左に順番を譲った。幸利は心棒を押して少し硬くなった掌を眺め、「大変な仕事である」と呟いた。

「はい。しかし、殿のおかげで皆が活《い》き活きしております」

次郎右衛門は目を真っ赤にしながら言うと、「殿、ありがとうございます」と深々と頭を下げた。

「先ほどのご無礼、平に平にお許しくださいませ……！」

「よい。それより、次郎右衛門。ほとんどの竜骨車を神崎川に下ろしてしもうたから な。ある程度まで水を汲《く》み上げたら、何台か二重堤に戻せ」

「はっ」

乾いていた二重堤に少しずつ水が満ちていく。幸利は荒い息を整えつつ、その様を眺めやった。

「殿。お疲れでしょう。木陰でお休みになってください」

幸利は兵庫が差し出した水筒を受け取り、喉を鳴らして水を飲んだ。幸利と同じく泥だらけの近習が飛んできて、扇子で扇《あお》ぐ。

「うむ……いや、ワシだけ休むわけにもいかぬ」

水筒を突き返すと、幸利は近習の扇子を奪い取った。そして、百姓たちが必死で押し回している竜骨車に近づき、「それ、頑張れ、やれ、頑張れ！」と扇子で扇ぎながら声をかけ始めた。ソレソレと唱和が始まる。

そうして、幸利は疲れも見せず、あちこちで声をかけ続けたのだった。

二重堤に戻された竜骨車が田畑へ水を送り込み始めたのを見届け、幸利は庄屋の藤《とう》左衛門《ざえもん》宅を借りた。

汚れた身体を清め、着衣を整えるためだ。次郎右衛門と、藤左衛門が新しい着物を探してこようとしたが、「どうせ、帰りも馬に乗っておれば汚れる。気にするな」と幸利は鷹揚に言った。

「それよりも忌憚《きたん》なく聞かせてくれ。これで本当に田畑が生き返るのか？」

「はい、それはもう」と藤左衛門が大きく頷いた。次郎右衛門が言葉を引き取る。

「出来は悪いかもしれませんが、全滅ではございませぬ。それは百姓どもの心の支えになります。田畑も村も生き返りました」

「他の村は驚くでしょうね」と兵庫がのんびりと口を挟んだ。

「この日照りの中、田畑に水が満ちているところなど他にございませんから」

次郎右衛門と藤左衛門がハッと顔を見合わせた。

「確かに……そうなってくると、水を盗みに来る輩がおるかもしれません」

「手分けして見張りをつけます」

待て、と幸利が声をあげた。

「他村の田畑にも水を引き込ませてやれ。他の支流と違い、神崎川は滅多なことでは尽きぬだろう。見張りをつける手間を考えれば、他村にも水を通したほうがよい」

「し、しかし……」

この日照りでは神崎川とて干上がりかねない。不安そうな二人に兵庫が言った。

「稲を育てている田は、穂が実れば落水するのですよね？」

「左様でございます。あとひと月ほどすれば……」

「であれば、それほど気に病むことはないでしょう」

「兵庫の言う通りじゃ。そうしているうちに雨も降るだろう。……なぁ、次郎右衛門、藤左衛門」

は、と二人は姿勢を正した。

「この地も隣接する地もいまはワシの領地。ワシからすれば、領地の民草は子どもと同じである。この子には水をやり、この子には水をやらぬなどということはあり得ぬ。どの子も穏やかに、豊かに暮らしてほしい。それが親心というものではないか。お子の平穏を守るためならばこそ、他領とも争いごとなくうまくやろうと頭を捻《ひね》る。おぬしらが必死で耕した田畑が戦場にならぬよう、力を蓄えて大坂城と将軍さまをお守りする。それがワシらの務めであり、そんなワシらを食わすのがおぬしらのつくった米だ。だから、支え合おうぞ」

「ありがたきお言葉……！」

次郎右衛門と藤左衛門は、他村へ水を引き込ませること、神崎川沿いの村には竜骨車の据え替えの手伝いに人手を出すことを約束した。

神崎川から取水したと聞いて、家老・佐藤仁右衛門は卒倒しそうになった。

こともあろうに、大名が百姓に交ざって泥だらけになって作業をするなど——およそ、城主らしからぬ振る舞いだ。こんなことが他家へ漏れたら大事である。他の大名から馬鹿にされるばかりか、尾ひれがついて「大膳亮が奇行に走った！」と噂が広まれば、改易にも繋がりかねないのだ。

当の幸利は呑気なもので、「変な噂が立たぬよう、大坂城代と大坂定番に話を通しておけばよいではないか」と言う。

確かに大坂城代・青山因幡守宗俊は、幸利の従兄であり、宗俊が不遇を託《かこ》った時代には幸利や先代の幸成《よしなり》が衣食住の面倒を見た。かなり気安《きやす》い間柄である。

大坂定番・板倉内膳正重矩《いたくらないぜんのかみしげのり》とも、父親の代から交流がある。宗俊と幸利の私的な面会で重矩の下屋敷《しもやしき》がたびたび使われているのは、信を置いているからだ。

仁右衛門はギリギリと歯を食いしばった。

幸利はいつもこうだ。短絡的で後先考えずに行動を起こす。その豪胆さこそが殿さまたる者の証、と言えるのかもしれないが、面倒を押し付けられては迷惑極まりない。

巡見に同行した外記までが「百姓どもは大層喜び、殿がご出立の折には村総出で見送っておりました」と得意げに報告してきたから、また腹が立った。

それにしても、近頃の殿の張り切りようは異様である。口が滅法うまい戸ノ内兵庫に煽られるがまま、動きすぎではないか——。

ふと、ある考えが過った。

青山家の改易を狙っている筋に、兵庫が雇われていたら？　権現さま時代からの忠義篤い譜代、しかも本家筋の青山宗俊が大坂城代という幕府の要職についているため、幸利は多少の横紙破りを許されてきた。

それも限度がある。独断専行気味の幸利を煽れば、江戸の不興を買うことぐらい容易いだろう。兵庫は牢人の前は水戸に長く仕えていたらしい。江戸表の意向を汲んだ水戸が動いていたら——。

そんな仁右衛門の推量を、外記は冷めた心持ちで聞いていた。百姓が喜んでいたのだから、それでよいではないか。幸利や百姓の竜骨車を巡る熱を目の当たりにし、自らも泥だらけになって作業をした外記にとって、仁右衛門のこの態度には鼻白《はなじろ》む思いだった。

大名家は、抱えている領地や責は大きいのかもしれぬが、金がないとか立場がどうとか、考えていることは庶民とたいしてかわらない。それどころか、川の水を引き上げた程度で気を揉《も》むぐらい、庶民以上に足元は脆いものなのだ。

「外記。戸ノ内兵庫が何を企んでおるのか、裏に誰がおるのか、急ぎ調べよ！」

「――はっ」

外記が仁右衛門の間者めいたことをしているのは、己の大願への近道と信じているからだ。大名家が脆いものならば、その家老はもっと頼りない。この男に唯々諾々《いいだくだく》と従っていてよいものなのか――。

苦い思いを抱えながら、外記は徒士衆時代から居続けている侍長屋に戻った。

## 十五．外記

馬揃えを控え、城内はやや落ち着きがない。武具方や筒方は走り回り、勘定方は悲鳴を上げ、徒士衆や騎士たちは鍛錬に一層、力を入れる。

馬揃えでみっともない姿を見せれば、扶持を減らされかねない。逆に殿の目にとまれば出世や増禄もあり得る。

祭りめいた雰囲気漂う城内で、外記は丸の内馬場へ向かう兵庫を追った。

「兵庫。馬揃えには騎馬で出るのか？」

「まさか」と兵庫は朗らかに笑った。

「巡見以来、紫気に乗って発散させてくれ、と殿から仰せつかっているのだ」

兵庫は厩舎に入ると、前足で土を掻いている紫気の首を撫でてなだめた。

「今日はおやつがあるぞ」

兵庫は懐から出した小ぶりの人参《にんじん》を手で割り、紫気の口に近づける。角兵衛の生家の畑で採れたものを譲ってもらったらしい。紫気はあっという間に一本を食べ切った。

「こやつ、結構笑うのだ。かわいいだろう？」

言って、鞍も着けずにヒラリと馬にまたがった。自然、外記が牽き綱を持つ形になる。馬場をのんびり巡りながら言葉をかわす。

「では、馬揃えは徒士衆として出るのか」

「いや、出ぬ。そもそも、鍛錬は苦手なのだ」

外記は馬上の兵庫を見やった。こういう人を食ったようなことを言うから、仁右衛門に嫌われ、煙たがられるのだ。

近習ともなると、殿と接する機会が格段に増える。当然、幸利自身の鍛錬に立ち合ったり、時には手合わせの相手をすることもある。

自分の親ほどの齢にもかかわらず、外記は幸利の剣にいつも圧倒されていた。重く、鋭いのだ。

「江戸では殿相手に大立ち回りをしたそうじゃないか」

家老の仁右衛門は「殿相手に刀を抜くとは！」と大層憤慨していたが、あの腕前の殿と互角にやり合ったのなら、兵庫は相当の手練《てだ》れということになる。幸利が目をかけるはずだ。

「——そんな大仰なことではないのだが」

「能ある鷹は爪を隠す、と言うからな」

兵庫は苦笑し、「隠す爪などない」と言い切ると、馬場の隅に作られた小さな川で紫気から下りた。紫気がうまそうに水を飲み始める。

「ちょうど良かった、私も聞きたいことがある」

「……なんだ？」

「外記の生国は東か？」

「いや、俺は京だ。尼崎より東と言えば東だが」

「そうか……てっきり、下総《しもうさ》かと思うた」

外記は切れ長の目を見開いた。下総は祖父が長く暮らした土地だった。

「──何故、下総だと？」

「下総におぬしと同じ、川村外記という名の者がおってな。家光《いえみつ》さまの御代《みよ》のご老中・土井大炊頭《おおいのかみ》利勝さまの家臣だった」

外記は思わず目を固く瞑《つぶ》った。

かわいがってくれていた祖父・川村外記はもうこの世にはいない。大坂の陣を経験していたものの、祖父は名の知れた武将ではなかった。元は野武士である。それがひょんな巡り合わせで、大炊頭に仕官することになった。

その祖父のことを、まさか遠く離れた尼崎で知っている者と巡り合うとは──喜びの次に、不審の気持ちが湧いてきた。

「──いかにも、それは俺の祖父だ。しかし、何故、おぬしが知っているのだ。まさか……俺の身元を探っていたのか……？」

語気が荒くなる。いかにも自分には探られては困るものがある、と言わんばかりの言い方をしてしまい、外記は慌てて口を引き結んだ。

だが、兵庫は屈託なく笑った。

「いや、実は以前、水戸家の江戸詰めでな。そこで、貴重な刀を見た。太閤秀吉《たいこうひでよし》のご愛息・秀頼《ひでより》公の『切刃貞宗《きりはさだむね》』。土井大炊頭が、豊臣所縁《ゆかり》の品として家康《いえやす》公に差し上げたものだ。これを大炊頭に持ち込んだのが川村外記、と書き付けにあった」

ああ、と外記が呻いた。やはりアレは幻ではないのだ。

「そうだ。大炊頭さまご逝去ののち、祖父は京へ移り、死ぬまでそこで暮らした。子どもの頃より幾度も聞かされた。祖父が、大坂夏の陣で大将の名乗りをしたときのことを。秀頼さまから刀を賜《たまわ》ったことを」

木村重成《きむらしげなり》や真田信繁《さなだのぶしげ》が討たれ――多くの死傷者を出し、崩壊しかかっていた大坂方では、その日の戦大将の名乗りをする者さえ欠いた。やむなく立ち上がったのが、祖父・川村外記だった。

「親戚も近所の者も誰もが耄碌《もうろく》した祖父の世迷い言《よまいごと》と信じておらず、祖父は己が功労の証である刀を取り戻したがっていた。不可能ではあると知りながら、な。今となっては祖父の大願は、俺の大願だ。だから、通り名は祖父のものを使っている。この名で、あの脇差に手が届くところまで出世がしたいと思うておる」

しかしなぁ、と兵庫は呟いた。

「権現さまから秀忠さまに譲られた『切刃貞宗』は、秀忠さまが身罷《みまか》ったのち、形見分けとして秀忠さまの末弟、水戸の頼房《よりふさ》さまに下賜《かし》された。いまはさらにそのご子息へと渡ったぞ」

「それは知っておる。讃岐《さぬき》の松平頼重《まつだいらよりしげ》さまであろう」

「尼崎ではなく、讃岐に仕官したほうがよかったのではないのか」

外記はため息をついた。

「そうしたかったのだが……讃岐は紹介がなければ、出仕叶わず、と聞いたのだ。一方で青山家が人を多く募っておる、と教えてくれた者がいてな。尼崎の殿さまは威公《いこう》（徳川頼房）と親しかったとも聞いておる。殿に口添えいただければ、讃岐から刀を借り受けることもできるかもしれぬ、とな」

「なるほど……」

「幸い、尼崎の殿さまは見目よい若者が大好物だ。おぬしならすぐ色小姓になれる。いつかわがままを聴いてもらえるよう出世を目指せ、と勧められたのだが」

「殿は、色小姓は求めておらなんだ、と」

「そこよ。ともかく、いまは命じられたことを真面目に」と言いかけて、またも慌てて口を引き結んだ。仁右衛門に命じられたこととは「目の前の男について探ってこい」だったことを今さら思い出したのだ。迂闊《うかつ》という自覚はある。

だが、兵庫は言葉通り受け取ってくれた。

「うむ、真面目にやっておれば、いつか陽の目も見る。いつか御祖父とおぬしの大願が叶うとよいな」と外記を励まし、兵庫はゆるりと紫気の鼻づらを馬房へ向けた。

兵庫の真意を探るどころか自分の肚《はら》をほとんど割ってしまったわけだが、外記は清々《すがすが》しい気持ちだった。名刀が確かに、いっときでも祖父のものだった、と教えてもらえたことで大願への想いが一層強くなった。

竜骨車の件もあり、兵庫を認めた外記は、仁右衛門に「戸ノ内兵庫に他意はございませぬ。単に殿から命じられたことを全うしようとしているようです」と断言しておいた。だが、疑り深い家老は「引き続き、奴の言動を逐一報告せよ」と命じてきた。

承知、と応じはしたものの、家老に頼る気持ちはすっかりなくなっていた。己のことしか考えていない家老よりも、あの脇差と巡り合う機会を持つ手段を、外記は模索し始める気になっていた。

## 十六．腰抜け

馬揃えは滞りなく終わった。怠惰を理由に禄を減らされた者はおらず、加増された者もいなかったが、技が際立っていた者は殿直々に酒や菓子を賜った。

その三日後、徒士衆の大原岩之助と飯田《いいだ》卯三郎《うさぶろう》は、大坂の飯屋にいた。心もとない懐具合でも気兼ねなく呑める、安い酒を出す店だった。

「彼奴《きやつ》らより、ワシのほうが姿勢はよかったはずだ！　それなのに！」

岩之助が憤懣《ふんまん》やる方ないといった表情で酒を呷《あお》れば、卯三郎も「まったくだ」とあぶったイカを嚙み千切った。

「その点、兵庫と外記はうまいことやったなぁ」

卯三郎のボヤキに、岩之助がカッと目を見開いた。

「そうだ、戸ノ内兵庫め！　あんな腰抜けで卑怯な奴が出世できるなど、おかしいではないか！」

「腰抜けか？」と卯三郎は首を傾げた。

「腰抜けどころか、恐れることなく殿に物申す、見かけによらず豪胆な男と評判ではないか」

「豪胆？　あの男はなぁ」

岩之助は危うく、「奴は刀を向けられたら、震えて動けなくなる腰抜けだぞ」と言いそうになったが、何とか堪えた。江戸の町で追いはぎじみたことをした折に知ったため、外聞が悪い、というわけではない。

これは戸ノ内兵庫の優位に立つための、とっておきの秘密だからだ。

いつか、このネタで奴に頭を下げさせてやる、と思えばこそ、あの人を食ったような態度になんとか耐えていられるのだ。

だが、その我慢も限界に達しつつある。

「あの男はこすっからいだけだっ。そもそも、刀の鞘だけを長くすればよい、と言い出したのは奴なのだぞ！　殿が怒るのを見越しておったのだ！」

幸利が鞘を切り落とした一件は語り草になっている。そうすればよい、と進言したのが兵庫だということは、その直後の御相伴衆昇格で皆の知るところとなった。

「事の発端はおぬしではないか」と卯三郎はやや渋い顔で岩之助を見た。

「おぬしが流行りの長刀のほうが見栄えがよくて、殿のお目に留まるだろうと申したから、ワシは有り金をはたいて刀をあつらえたのに」

金に余裕のあった者は皆、岩之助にならった。長い刀を買えない角兵衛たちは、長い鞘だけを買った。見た目は変わらない。自分たちもそうすればよかった、と臍《ほぞ》を噛んだ。

おまけに徒士頭の杢左衛門から「長い刀、用いざるべし」とお達しがあったため、今では狭い長屋の床の間の飾り物と化している。

「鞘だけを買い替えればよい、と知恵を授けたのは兵庫というのがまた腹が立つ！」

岩之助の酒はどんどん進み、酒が過ぎるあまり身体が左右に揺れ始めている。

「角兵衛たちが勝手にしでかしたこと、みたいな顔をして、あやつはそれを己の出世に利用したのだぞ！　豪胆どころか、卑怯でこすっからい！」

岩之助は盃《さかずき》を乱暴に置いた。派手な音に店の親爺《おやじ》の顔が険しくなり、他の席の客も不快そうに黙り込む。

「ま、まあまあ、岩之助。久しぶりに外へ出られたのではないか。戸ノ内兵庫のことなど忘れろ」

卯三郎がそう諫《いさ》めた途端、酔っ払ってユラユラ身体を揺らしていた岩之助は、またもやカッと目を見開いた。

「それよ！　来てふた月も経つのに、尼崎から出たのは初めてなどあり得ん！　なぜ休みがない？　なぜ毎日登城せねばならぬ？　あの暴君め！」

卯三郎は慌てて、岩之助の口を手で押さえた。殿への悪口雑言を吐いたことがバレたら打ち首になりかねない。

だが、卯三郎だって不満に思っている。これまで仕官した家では、自分たちのような下っ端は三日に一度や週に一度などの出仕でよかったが、尼崎では「毎日登城せよ」と殿の厳命だ。

他家よりも良い給銀に目がくらんで仕官したものの、毎日登城していては内職もできない。鍛錬続きでクタクタだ。鍛錬には学問も含まれているが、生憎《あいにく》、岩之助も卯三郎もそちらはトンと駄目だった。

そんなわけだから、卯三郎の同郷の友人からの「大坂の道場に世話になってる。せっかくだから出稽古に来い」という誘いに一も二もなく乗った。「馬揃えが終わったばかりであるし、鍛錬ならばよい」と外出の許可もあっさり下り、久々の息抜きだった。

岩之助が不意に、身体の揺らぎを止めた。

「卯三郎。出るぞ」

もう一本つけてもらおうと、銚子《ちょうし》を振って店主の注意を引こうとしていた卯三郎は「えっ」と声をあげた。

「まだ早いぞ」

「さっきからこっちをチラチラ見ている奴がいる」

岩之助が目で示すほうを見れば、猫背の侍が斜め後ろの床几に座ってチビチビ酒を呑んでいた。貧相な顔に前歯が目立ち、鼠に似ている。

連れがいるわけでもなく、腕も立ちそうにない。だが、薄気味悪い人相が気になった。絡まれて騒ぎになるのは困る。ことに、他領で騒ぎを起こしては、殿の不興を買うだろう。

慌ただしく勘定を払い、二人は夕暮れ時の通りに出た。

鼠によく似た男・門脇多聞は、逃げるように店を出ていく二人の侍の背中を見送った。

「今日のお侍さんはあきまへんでしたか？」

カラになった小鉢を片しながら、店主が囁いてきた。

「そうやなぁ。腕は立ちそうやけど、ココがあきまへんなぁ」

多聞がお国訛《くになま》りで返しながら、頭を指でトントンと叩くと、相手はニヤニヤ笑った。

大坂は江戸と違って、侍より町人のほうがはるかに多い。侍は威張り散らしている者が多いから、侍の悪口を言えば受ける。

「親爺さん、またよさそうなお侍が来たら、声かけてな」

呑み代に多めの銭を添え置くと、店主は「毎度どうも」と愛想よく言った。

この飯屋は中津川の「十三《じゅうそう》の渡し」にほど近い。満ち潮のときなど、水位が下がるまでの待ち時間に安く酒を飲めるから、牢人や禄の低い侍には人気がある。主を替えたがっている侍が、かなりの割合で引っかかるのだ。

見どころのありそうな侍を道場に送り込む。それが多聞のいまの仕事である。

戸ノ内兵庫に勧められて仕官した浅野家の俸禄は、大層よかった。兵庫から聞いた通り、女好きの殿が奥にこもりっぱなしだから、政の中心は家老だ。軍学に詳しい多聞は覚えめでたかったが、家老以下、家臣と肌が合わなかった。

二言目には「殿の御ため、お家のため」を公言する。遊興に耽《ふけ》る殿のために尽力したり、出世を確約してくれるわけでもない家に命を賭けたりするなど、馬鹿らしいと、来て早々に多聞は感じてしまった。

そんなとき、「彼ら」と出会った。江戸の塾で顔見知りだった者が赤穂にいたのだ。「彼ら」の大義を知って以来、多聞は大坂を拠点に、何かと奔走している。

「それにしてもなぁ。兵庫と外記が尼崎にいるとは不思議な巡り合わせよ」

先ほどの侍たちの会話から漏れ聞こえた名前を思い出し、口元を緩ませる。

多聞が川村外記と知り合ったのは、赤穂への途上、古馴染みがいる剣術道場に立ち寄った折だ。若く、見目よく、腕も立つ——兵庫から聞いていた尼崎の殿さま好みではないかと思ったから、酒の勢いで大願を語る美青年に「おぬしなら、尼崎の殿の色小姓になれるぞ」と教えてやったのだが、本人は甚だ不本意な様子だった。

それでも青山家に仕官しているということは、思い直したのだろう。

不思議なのは兵庫だ。仕官にも青山家にも興味がなさそうだったのだが……。

「まあ、どうでもよい」

多聞は考えることをやめた。とにかく、あの二人を青山家から引き抜こう。兵庫も外記も、大いに役に立ってくれるはずだ。

多聞は上機嫌で道場へと足を向けた。

## 十七．古参

その頃、幸利は大層不機嫌だった。馬揃えが原因である、と家老の佐藤仁右衛門から聞いて、京から招かれている相伴衆の一人、漢方医の坂口立益《さかぐちりゆうえき》はハテ、と首を傾げた。

立益も此度の馬揃えを見物した。花形である騎馬隊は人馬一体となってすべての指示にきちんと応え、徒士衆や筒方もそれぞれの鍛錬の成果を発揮しているように見えた。不興を買う点には思い至らない。

呆れたことに、一晩たっても家老たちは馬揃えの何が問題なのかを聞き出せていない。家老の腰抜けっぷりに呆れると同時に、（この殿さまはこういうところがよくない）と立益は鼻を鳴らした。

幸利は素直な人柄だけに、すぐ顔に出る。機嫌が悪いとすぐに威圧する。それでは家臣が何も言えなくて当然である。

立益は面倒ごとが嫌いだったが、ピリピリとした空気を纏《まと》った中での食事に嫌気がさして、真正面から切り込んだ。

「殿。昨日の馬揃え、大層見事なものであったのに、何故、そのような難しい顔をされておるのですかな？」

「武具の着こなしがなっておらなんだ！　いくら陣形が見事でも武具を正しく着付けられておらぬのならば、戦場で使いものにならぬ！」

幸利は居並ぶ家臣たちをジロリと睨みつけた。この日は相伴衆の坂口立益のほかに、治水や稲作に詳しい奉行などが同席していた。曲がりなりにも侍である奉行たちが顔を強張らせる。

そのとき、相伴衆の末席にいた兵庫が「殿。恐れながら申し上げます」と声をあげた。

隅で我関せずという顔で汁をすすっていた仁右衛門が汁椀《しるわん》を置き、じっとりとした視線を兵庫に向けた。

なるほど、これが噂に聞く「恐れながら」かと立益が身を乗り出したとき、幸利が吠えた。

「申せっ」

「武具の着こなしができておらぬは、致し方ないことと存じます」

幸利が箸を膳にバチリと叩きつけた。

「なんじゃと！ あんなみっともない姿を大坂城代や大坂定番に見せるも止《や》む無し、と申すかっ」

相伴衆たちも食事をするどころではない。身を固くして、二人のやりとりを見守っているが、殿に物申した本人は落ち着いていた。

「殿。此度の馬揃えに出た者の内、幾人が戦場に出たことがあると思われますか」

「知らぬ！」

「誰もおりませぬ」

幸利は一瞬、言葉に詰まったが、「それがどうした！」と吠えた。

「殿ご自身はいかがですか」

「出たことはない！ だが、大坂の陣も島原の一揆《いっき》も父上からよく聴いておる！ 父上や古き家臣より厳しく武具や馬具、刀の扱いは学んでおる！ だからこそ、江戸城の大火の折などいち早く馳《は》せ参じたのだぞ！」

火消し装束に身を包み、騎乗したまま江戸城に進入しようとした幸利は、「ご参上の由、聞いておりませぬ」と必死で止めた門番を「ワシを誰と心得るかぁ！」と一喝した、と江戸では語り草だ。立益はその話を聞いたとき、面白い殿さまがいたはるんですなあ、と感心していたから、御相伴衆としての招きを受け入れたのだ。

　他方、旗本たちは幸利の豪胆さに感心するよりも、「たかだか五万石が偉そうに」「大坂の陣での先代の活躍を上回りたいのだろうて」と馬鹿にする向きも多い。いち早く馳せ参じた幸利への嫉妬もあるのかもしれない。

「それでございます！」

　嬉しそうに言われて、幸利は一瞬、面食らい、だが、すぐに立て直した。

「どれじゃ！」

「騎馬隊や徒士衆、筒方で中心におります者たちはすべて、殿と同じく、戦場の経験がございませぬ」

　立益はさすがにヒヤッとした。戦に対する心構え、気構えは十二分にあるにもかかわらず、戦場での経験がないということは、この殿さまの負い目でもあるのだ。

　幸利の顔が赤を通り越して、赤黒くなったが、気にする様子もなく兵庫はニコニコと話を続ける。

「しかしながら、殿が御自ら着付けられたお姿は大層立派でございました。では、家臣たちと殿の違いはなにか。それは先人から話を伝え聴くだけではなく、実際に手ほどきを受けたことです」

「――む」

幸利が少し顎を引いた。驚くことに、顔色もやや落ち着いた。その場にいた小姓たち、相伴衆たちもこっそり、息を吐く。

「此度の馬揃え、皆、あれでも必死で着付けたのでございます。事前に練習を致しましたが、所詮、付け焼き刃」

「その通り。籠手《こて》の位置が左右ズレておる者や、胴もしっかり結わえておらず、一枚下がっておる者もおったぞ」

「やはり、常日頃からの慣れでございます」

「鍛錬のときに武具の着付けもさせておるはずじゃぞっ。此度の落ち度、それぞれの頭の怠慢ではないのか」

「知らぬ者同士で着付けているだけでは、いくらやっても無駄でございますよ」

即座の切り返しに、またもや幸利のこめかみに青筋が浮いた。腰を浮かし、怒鳴りつけようとした幸利だったが、兵庫の「何故、古参の方々のお力をお借りせぬのでしょう」という呟きに渋い顔でドスンと腰を下ろした。

「どういう意味じゃ」

「殿の父君、先代の大蔵少輔（青山幸成）さまは、島原の一揆の折、五万もの兵を率いて戦ったと聞き及んでおります」

「お若いのに、しかも江戸からおいでなさったのに、よう知ったはりますなぁ」

思わず、立益は感嘆の声をあげた。軽く会釈を返して、兵庫が続ける。

「青山家の古参の中には、一揆の制圧に加わった方もおられるでしょう」

「筒方の桑原茂右衛門《くわはらしげえもん》などがそうじゃな」

「その方々のお力を借りぬのは何故でしょうか」

幸利は渋い顔で腕を組んだ。

「隠居間近の者ばかりだ。言うてはなんだが、気力体力ともに衰えておる。無理は申せぬ」

「殿、恐れながら、申し上げます」

二度目の「恐れながら」に仁右衛門は図々《ずうずう》しい、と顔を険しくし、立益は面白そうに身を乗り出し、幸利は苦笑した。

「申せ」

「古参の方々の気力を奪ったのは、殿ではございませぬか」

「――なんだと！」

　幸利は思わず立ち上がり、相伴衆たちはいざとなったら逃げられるよう腰を浮かしたが、兵庫は動じる様子がない。

「古参の方々は諦めておいでなのでしょう。口を挟めば、前線を退いた年寄りの戯言と馬鹿にされ、もはや戦の世ではない、終わった者として扱われる。それが怖い。しかし、古参の方々には経験がある」

　兵庫は仁王立ちの幸利を真っすぐ見上げた。

「殿は馬揃えの折に、万が一に備えるが尼崎城の役目と仰せでした。そうであるならば、無理を承知で、古参の方々にお力をお借りするべきかと存じます。人は頼られれば張りが出るもの。気の持ち様で曲がっていた腰は伸び、眠気で閉じかけた目も開きましょう」

　黙って睨み下ろしている幸利に、兵庫は穏やかに言葉を続けた。

「殿。こちらでは冬になると、城内の長廊下の隅に衝立《ついたて》と炬燵《こたつ》を据えられる、と聞き及んでおります」

「それがどうした」

「夜番だけでなく日中も炬燵に火が入っているから、大層有り難い、家臣想いの殿だ、と杢左が申しておりました」

「追従《ついしょう》はいらぬ！　寒さで手足がかじかんでおっては、いざという時に動けん。そう思うただけじゃ。して、その炬燵がどうした」

「冬が終われば炬燵はしまわれます。その空いた場所に武具を置くのです、古参の方々とともに」

「……どういうことじゃ？」

「つまり、城のあちこちに武具の着付けの場所をつくるのです。そこへ古参の方々を配置する。家臣は務めの合間に、そこへ行き、武具の着け方を学ぶのです」

「む」

　そのとき、相伴衆の一人が恐る恐る、といった様子で「あの」と声をあげた。

「太っている者や生来、不器用な者もおりますれば、二人一組で習うことができれば、補い合うこともできそうですが、いかがでしょう」

「おお、それはよい考えですな。さすれば家臣の絆《きずな》も深まりましょう」

「古参の方々にはそばに部屋をご用意して、そこでお茶を出すなど手厚くもてなしつつ、待機していただくというのはいかがでしょう」

　いつの間にか相伴衆たちだけでなく小姓までもが、この話に混じり、思い思いの意見を出していた。

渋い顔をしている仁右衛門に、幸利が顔を向けた。

「武具方を呼び、急ぎ手配せよ！　古参の面々への説明は――兵庫、案を出したおぬしがやれ」

「はっ」

えらい肝の据わった御仁がいたはるもんですなぁ、と立益は平伏する兵庫を興味深げに見つめたのだった。

## 十八．不意の客

「武具の着付けは、私などにも教えていただけるものなのでしょうか」

甚吉が、慣れた手つきで包丁を使いながら尋ねた。着付けの件は、まだ公表はされていない。七輪の上で干し魚をひっくり返していた兵庫は「相変わらず、甚吉は耳が早いな」と微笑んだ。

御台所方の者はみな、耳が早い。殿や客人の都合もいち早く知らされるし、他家から食材が贈られれば殿との親密具合も、先方の懐具合もなんとなくわかる。もちろん、先方の作物の出来不出来もわかる。

御台所で下働きをしている甚吉は、特に耳が早かった。住まいを共にしている兵庫が殿に近しい、ということは周知の事実だから、本来ならば皆、口を慎むはずである。

ところが、子どもと侮っているのか、気配を消す力に優れているのか、無邪気に教えを乞う人懐こさのせいか——料理番たちは甚吉がいても、外聞の悪い話も平気でするらしい。

甚吉はそうやって聞き知ったことを兵庫に伝える。事実は事実、噂や当て推量はそのようにきちんと伝える甚吉の話は、兵庫にとって貴重なものだった。

だが、今回の話の出どころは違った。

「立益先生がお発ちになる前に、御台所にお寄りくださったのですよ」

相伴衆の漢方医・坂口立益は以前、幸利に毒草について説いた折、その毒の効力を示すために金魚を使った。死んだ金魚を返された世話係の甚吉が食って掛かったことがきっかけで、立益は尼崎を訪れると必ず、この少年に声をかけていくらしい。

「なるほど、立益先生か」

「兵庫さまのこと、大層気に入っておいででしたよ。これまでは殿の気に添うことしか言わなかった者たちが、きちんと意見するようになった、と」

兵庫は苦笑した。

「甚吉。私のおかげなどではない。皆は気づいただけなのだ。殿は下の者の言葉にも耳を傾け、それが良きことならば、受け入れてくださる方なのだ、とな」

「なるほど。此度のやりとりが広まれば、臆していた者も容易く良き案を口にできるやもしれませんね」

うむ、と兵庫は頷き、甚吉を見つめた。

「武具の件だが、やりたいと思うならば、やってみるといい。城内に据えられた武具が、おまえの身体に合わなければ、武具方に直接頼みなさい」

甚吉は雇い入れられて以降、暮らしが整ったこともあり、ガリガリだった身体もやっと成長を始めている。と言っても、同じ年の小姓や下男に比べるとはるかに華奢《きやしや》だ。だが、幸利のことだ。恐らく、あらゆる体型の者に合う武具を取り揃えているだろう。

麦飯に干し魚と味噌汁《みそしる》、料理番が分けてくれた余り物の青菜のお浸しという膳が調ったとき、訪《おとな》いを入れる声が聞こえた。二人は顔を見合わせた。

「杢左さんか外記さん……のわけはないですね」

呟いて甚吉は立って行った。

杢左と外記は頻繁にこの家を訪ねてくる。兵庫と甚吉が暮らすこの長屋は、町人屋敷に近い。つまり、城からは遠い場所にある。外記もこの長屋だ。

兵庫が相伴衆に、外記が近習に取り立てられた折、杢左と同じ城内の長屋に住まいを移すよう言われたのだが、兵庫は断った。甚吉を一人ここへ残すわけにもいかないが、御台所の下働きという立場の甚吉が城内に住まうのは他の家臣から反発を買うという判断だった。

外記までが「面倒だから」という理由でこの長屋に住み続けているが、仁右衛門の差し金だろう、と兵庫は察している。外記は生来、正直な質らしく、すぐ顔に出る。間諜《かんちょう》には不向きな男なのだ。

おまけに「兵庫が江戸で殿と大立ち回りした」と口を滑らせたことに気づいていないほど、迂闊である。

あの場にいた杢左は、大立ち回りではないことを知っている。あれを大立ち回りだと思っているのは、殿の軽口を信じた佐藤仁右衛門しかいない。外記が仁右衛門と繋がっている証だが、兵庫は外記のしたいようにさせている。兵庫は殿に頼まれたことをしているだけなのだから。

「久しぶりだなぁ、兵庫」

不意の客は門脇多聞だった。兵庫もさすがに目を見張った。

「多聞殿……っ、これはお懐かしい！　いや、しかし、何故ここがおわかりに？」

「先だって、大坂で尼崎の方々と飯屋で一緒になってな。おぬしがここにおると聞いたのよ。これは土産だ」

そう言って酒の徳利を掲げた多聞は、「おう、うまそうな肴《さかな》だ。準備がよいな。おぬし、さては先が読めるのか」と笑って、甚吉の膳の前に座った。

甚吉はさっさと新たな膳をつくって、兵庫の隣に座った。ヤモメ暮らしの杢左と外記が突然やってきては膳を奪うから、甚吉も慣れたものだ。

さすがに干し魚の余分はなかったから、兵庫は手を付けていない半身を甚吉の皿に手早く移してやった。

「しかし、赤穂におられる多聞殿がなぜ、こちらに？」

「京や大坂の剣術道場から出稽古のお呼びがかかるのよ」

甚吉が、猫背の多聞を疑わしそうに見つめている。どう見ても、出稽古を頼まれるような剣の達人には見えないのだろう。

「甚吉。多聞殿はなかなかの使い手だぞ――と言いたいところだが……多聞殿、軍議や兵法と違って、剣はあまり得手ではなかったですよね？」

うむ、と多聞がペチペチと自分の顔を叩いた。

「実は腕の立つ者を探しておってな。昔の道場仲間のツテを頼って、あちこちに顔を出しておるのよ。見どころのある者がおったら、誘おうと思うてな。どうだ、おぬしは？」

「私は、殿から頼まれたお役目があります故」

多聞が「お役目？」と身を乗り出したとき、「兵庫はおるかっ」とだみ声が聞こえてきた。訪いも入れず、ドカドカ入ってきたのは杢左と外記だった。杢左衛門は酒がかなり入っていて、無理やり付き合わされたらしい外記も珍しく顔が赤い。

外記は多聞を見て目を丸くした。兵庫と多聞を見比べ、「どうしてここに？」と戸惑っている。

「おや。多聞殿と外記は、お知り合いですか」

「知り合いどころか。外記が尼崎に仕官したのはワシのおかげだぞ。なあ？」

「ええ、まあ、そうですね」

外記が歯切れ悪く答えて腰を下ろし、多聞は京の道場で外記に青山家を勧めた経緯を語った。

「いやはや、見た目と違うて骨のある若者は気持ちが良い」

「その節は大人げなかったと反省しております……」

色小姓になれとは失礼な、と激怒した外記は、立ち合いのときに容赦しなかったらしい。

ボソボソと謝る外記に、多聞は「気にしておらぬ」と笑い、外記が近習を務めていると知ると「大出世ではないか！」と大仰に喜んだ。

多聞が持参した酒を一緒になって飲み始めた杢左が、口を挟む。

「兵庫と多聞殿はどのような関わり合いで？」

「江戸で同じ主に仕えておったのよ。兵庫がこの小僧ぐらいの頃であったか」

この小僧、と目で指された甚吉は少しだけ顔をしかめた。

「ほぉ。ずいぶん長い付き合いなのだな。ところで、此度は兵庫と旧交をあたために参られたのか？」

兵庫は素早く床の上に視線を走らせ、それぞれが置いた腰のものの位置を確認する。主替えの誘いなど、忠誠心篤い杢左には禁句である。両人ともに酒がかなり入っている。ここで斬り合いなどされては困る。

「いま、兵庫にも声をかけたのだがな——杢左衛門殿もよき体軀、相当の腕前と見た。どうだ、ワシと来ぬか？　酒でも女でも金でも……欲しいものが手に入るぞ」

誘い言葉としては最悪だ。案の定、杢左は激高した。

「貴様、それでも侍か！　主への忠義をなんと心得る！」

「阿呆《あほう》な殿に仕えるほうが阿呆だ。尼崎の殿が武力一辺倒で、知力の欠片《かけら》もないことは有名ではないか！」

「なんだと、貴様！」

杢左の手は摑もうとした刀には届かなかった。兵庫が素早く杢左の背後に立ち、左肘をぐっと背中に引いたからだ。ハッと腰を浮かした外記に目で合図をすると、外記も素早く多聞の背後に回った。

兵庫が杢左の左肘を背中に固定している間に、外記は多聞を引きずって外へ連れ出した。

「離せ、兵庫！　離さんか！　殿を侮辱されて逃がすわけにはいかぬ！」

「隠れ蓑《みの》になるではないか、杢左」

囁くと、杢左が暴れるのをやめた。

「なんだと……？」

「他家にそういう評判が広まっているということは、殿の御ためになる」

「何故じゃ！」

「侮られているから、どの立場の者にも危険と思われぬ。それでいて、武力重視で備えていることが知られているから、滅多なことでは手出しもしてこぬ」

「む……」

杢左の身体から力が抜けるのを感じて、兵庫もそっと拘束していた腕を離した。

「それに、多聞殿があのように申すのは、江戸で私が殿のことを話したせいだ。多聞殿を斬るよりも、私を斬るほうが先であろう？」

「斬れるわけがないだろう、馬鹿者っ」

杢左はどかりと座ると、再び、酒をあおりだす。こちらはもう大丈夫だろう。甚吉に後を頼むと、兵庫は外に出た。

外記と多聞は、共同井戸のところにいた。周りを気にしてか、声を潜めながらも怒っている。

「徒士頭のくせにあのように短慮でよいのか！　何が侍だ、何が忠誠心だ！」

「多聞殿。杢左は力自慢だ。殴られただけでも、下手をすれば命を落としますぞ」

柔術のほうもサッパリで、受け身を咄嗟《とっさ》に取れない多聞は、外記の言葉に悔しそうな顔をした。

多聞は大坂の道場でしばらく人集めに精を出す、と言う。

「次は三人で飲みましょう。大坂にはうまい飯屋が多いですから」

外記の言葉に、多聞がやっと機嫌を直した。

「ところで、多聞殿——何故、浅野家は腕の立つ者をかき集めているのですか？」

一瞬の間のあと、多聞は笑った。

「おぬしの言うておった通りだ。赤穂は築城相成り、江戸や京に戻った者が多いのでな。人が減っておる」

「なるほど。どこも大変ですねぇ」

のんびりと返した兵庫に、多聞は「まったくだ」と重々しく頷いた。

外記と別れて家に戻ると、杢左がいびきをかいて眠っていた。後片付けをする甚吉にねぎらいの言葉をかけ、杢左の寝顔を眺める。

多聞の『一瞬の間』が気になっていた。兵庫が尋ねるまで、多聞が「浅野家による人集め」と言わなかったことも。

城下町・尼崎は、参勤交代の時期とぶつかりさえしなければ、宿には困らない。多聞は侍長屋の木戸を出たあと、手近な安宿に部屋を取った。

奇《く》しくも海側の部屋だったため、障子を開ければ月光を受ける天守がよく見えた。多聞がいた赤穂の城も立派だが、天守は土台しか許されなかった。

「無能な殿には不釣り合いな城だな」

不遜に笑い、そのまま東へと視線を移す。さすがに大坂城までは見えない。

大坂城はいま、青山の本家筋が守っているから、幸利も一層、武力を固めようとするのだろう。だが、所詮は五万石の兵力に過ぎぬ。いまの腑《ふ》抜《ぬ》けた侍が相手ならば、大坂城を奪うことなど容易い。金も武器もなんとかなる。問題は人だ。

兵庫は駄目だな、と多聞は額を叩きながら考える。あの機転と知恵、観察眼はほしいが、十年前と同じで奴はきっと乗ってこない。

だが、外記ならば——多聞はニタリと笑った。

あの男は単純だ。尼崎に出仕したときのように、その気にさせればよい。若くて腕があり、そして、愚かなほど一途《いちず》。それを使わない手はない。

もう一度目を戻し、尼崎城を見やる。

外記を取り込むこと。兵庫に邪魔をさせないこと。そうして少しずつ足場を固めていく。つまらぬ政の補佐や、主のわがままなどを聞いていては味わえない高揚感に包まれる。

多聞は障子をタン、と閉め、薄い布団に潜り込んだ。数日、尼崎に滞在する心づもりでいる。大坂の店で愚痴っていた男たちを突つけば、何か面白い話が出るかもしれない。

## 十九・大坂定番・板倉邸

幸利が勝手をした竜骨車の件は大坂城代や定番が上手く納めてくれたため、特段噂になることはなかった。新谷次郎右衛門や庄屋たちが他村に水を分け与えたり、対岸の村で据え替える手伝いをしたりと融通をきかせたことも功を奏したらしい。

その気遣いが戸ノ内兵庫の口添えによるものと聞き、佐藤仁右衛門はまたもや不快にはなったが、ともあれ、改易にならなかったからヨシとしようと気をとり直した。明日の大坂城代と定番との面会では、話題にすらならないだろう。

安堵している仁右衛門を幸利が呼んだ。

「それはさぞかし驚き、慌てふためくでしょう。落ち着き払って取り澄ました、いつ
クックックと幸利が笑い、仁右衛門も思わず笑みをこぼした。
代の前で兵庫に碁を打て、と申したら、どうなると思う?」
い。それに、たまには意趣返しをさせてもらう。あらかじめ知らせずに、いきなり城
「案ずるな。明日は碁打ちだけだ。兵庫が『恐れながら申し上げる』ことは何もな
だから、やめておけと言いたげな仁右衛門に、幸利はニヤリと笑いかけた。
「し、しかしながら、あの男が城代や定番に失礼なことを申し上げるのでは……」
一度は黙ったものの、仁右衛門は我慢しきれなかった。
内密の知らせや、西国の大名の動きを共有するためである。
が、実際は大坂城代・青山因幡守宗俊や大坂定番・板倉内膳正重矩らと、江戸からの
坂へ出向く。行き先は京橋口を守る大坂定番の下屋敷が多い。建て前は「碁打ち」だ
ピシャリと言われ、仁右衛門は慌てて口を噤《つぐ》んだ。忙しい中、幸利はしばしば、大
「ワシは、碁を打ちに京橋《きょうばし》に行くだけじゃ」
がなぜ、大坂城代とのご面会の供に――」
「はっ。……は? お、お待ちください、戸ノ内は一介の相伴衆でございます。それ
「明日の供に兵庫を加えておけ」

もの顔以外のものも見てみたいものですな」

「江戸におる頃は碁の指南役をしておったぐらいだから、それなりの腕前であろう。明日、内膳正は例によって松下見林《まつしたけんりん》を出すらしいからな。兵庫の慌てふためく顔を見るのも一興。先だっての負けの屈辱を晴らしてもらうのも一興。どちらに転んでも痛快よ」

以前も、それぞれの代理で碁を打ち、松下見林に手ひどくやられたのだ。戦好きの幸利としては、いくら碁でも負けっぱなしは性に合わない。

翌日、何も聞かされず、大坂へ連れて来られた兵庫は「碁を打て」と言われて、二度ほど瞬きをしただけで「かしこまりました」と碁盤に向かった。

向かいに座った松下見林が値踏みをするように、チラリと兵庫を見た。

見林は兵庫と同じ年の頃だ。色白の福々しい顔と丸っこい身体のせいで、餅《もち》を連想する見目である。大店《おおだな》の若旦那然としているが、坂口立益と同じ京の漢方医で、板倉家の奥付きの御典医だ。

動じない兵庫に内心、感心しながら、幸利は念を押した。

「兵庫、松下殿は相当の手練れだ。みっともない敗走は許さんぞ。見応えのある対局をせよ」

　その途端、兵庫が座布団を下り、幸利に向き直った。

「殿。恐れながら、申し上げます」

　いきなりか！　と仁右衛門は頭を抱えた。城代も定番も目を丸くしている。

「──なんじゃ」

「見応えのある対局をご披露した暁《あかつき》には、褒美をいただきとう存じます」

　兵庫は給銀を上げろ、と言ってきたこともない。それどころか、城から遠く、狭くて古い侍長屋に住まったままだ。それを知っているから、幸利は興味深そうに兵庫を見つめた。

「構わぬ。が、なんでもよい、というわけには参らぬぞ」

「戸ノ内とやら。何か欲しいものがあるのか」

　大坂城代の青山宗俊が尋ねてきた。

「はっ。新しいお布団を。それも煎餅《せんべい》の如き薄いものではなく、ふかふかのものを頂戴したく存じます」

　宗俊は声をあげて笑った。

「なんと！　それぐらい、容易いことよ。のう、大膳亮」

幸利は「は」と短く応えたものの、少々難しい顔になり、仁右衛門は幸利以上に厳しい顔で兵庫を睨んだ。

本来、布団は各自で用意する。だが、殿の肝煎ということで、兵庫と同居人の甚吉については青山家が手配した。人数が増えるならば杢左衛門か仁右衛門に言えばよいだけだ。

外記の話によると、兵庫は城下の茶屋や湯屋に行くこともなく、浮いた話もない。徒士衆の野村角兵衛が妻の従姉妹《いとこ》と引き合わせようとしたが、「いまは妻を持つ気はござらぬ」と断ったらしい。嫁をもらったりと家族が増えるわけではない、ということは、いまの布団に不満がある、ということだ。

確かに、用意された布団は、夏も冬も同じものだ。薄く軽い。夏はよいが、冬は辛い。

だが、青山家は財政が厳しいのだ。幸利ですら、参勤交代の折も同じ布団を運び、使っているぐらいなのだ。もちろん、洗い替えの布団もない。

それなのに、上等の布団を所望するとは！

仁右衛門は、（無様に負けてしまえっ）と心の中で呪詛《じゆそ》を呟いたのだった。

兵庫と見林の対局は、大層な早打ちで見応えがあった。

第一局はわずかな差で見林の勝ち。手に汗握る対局に、呪詛の言葉を呟いていた仁右衛門ですら「惜しかった……！」と呻いたほどだった。

第二局も相変わらずの早打ちで、厳しい局面にもかかわらず、二人とも悩む様子もなく淡々と打ち込んでいく。

第二局は兵庫の勝ちで、ここまでの手練れだったとはと幸利を唸らせた。

「いやぁ、思いがけず良き対局でこちらの肩にも力が入ってしまった。第三局で決着が着きますな」

板倉重矩の言葉に幸利も頷いたが、青山宗俊は「此度は引き分けと致そう」とおっとりと言い、兵庫を見やった。

「戸ノ内兵庫。引き分け故、褒美の品はないが、よいか？」

「はっ」

兵庫は平伏《ひれふ》した。

「その代わり、二人には馳走しよう」

見林が「では、顔と手を清めて参ります」と席を立った。兵庫も「私も」と部屋を後にする。

膳の準備のために片付けられようとした碁盤を、宗俊は「そのままでよい」と留め置いた。

「戸ノ内兵庫、か。大膳亮は面白い男を連れて来られたな」

「左様。まさか、あんな隠し玉を持っておられるとは。見林の早打ちなど初めて見ましたぞ。それでいて、あの見事な戦いぶり。盤上の流れを追うのがやっとで……算《さん》悦《えつ》、算《さん》知《ち》の戦いはあのようなものだったかもしれませぬな」

重矩が、名人・本因坊《ほんいんぼう》算悦と安井《やすい》算知の御城《おしろ》碁《ご》を引き合いに出して言うと、宗俊がクックックと笑った。

「あのようなもの、ではなく、まさに再現じゃ」

「えっ？」

幸利、重矩、そして、仁右衛門も声をあげた。

「算悦と算知の棋譜を見たことがあるが、先ほどの二局とも同じ棋譜であった。一局目の先手は見林だったな。見林の仕掛けに気づいて、兵庫が乗ったのであろう。棋譜をなぞるだけだから、二人とも早打ちだったのだ」

「な、な、なんという……っ」

幸利の顔が真っ赤に染まった。

「名人戦の再現をしてみせるなど、馬鹿にするにもほどがある！　仁右衛門、刀を持てい！」

他家で刀を抜くなどあり得ない。間違いなく、お家取り潰しである。顔色をなくし、腰を浮かせたり下ろしたりする仁右衛門に、宗俊は呑気《のんき》に「沈着冷静と名高い仁右衛門でもそのような顔をするのだな」と言った。

「大膳亮。当邸を血で汚すなど、勘弁いただきたい」

重矩も渋い顔で苦言を呈する。

「そもそも、仕掛けたのは見林ですぞ。兵庫を斬るならば、見林も斬らねばなりませぬ。そんなことになったら、私が奥に怒られる」

「しかし……！」

まだ顔を真っ赤にしている幸利を、一回り年上の従兄が窘めた。

「考えてもみよ。棋譜を完全に覚えている二人でなければ、再現などできぬのじゃぞ？　しかも、あの二人は初対面。申し合わせも何もなく――うむ、そういう意味では仕掛けに気づいた兵庫を大いに褒めるべきだな。処断などは決してするでないぞ。そもそもはおぬしのせいであるしな」

「私のせい、とは……？」

「おぬしが見応えのある対局をせよ、などと申すから、見林も気をつかったのだろう。確かに算悦・算知の御城碁ならば見応え充分」

　重矩も膝を打った。

「む。そういう意味では、この者なら察して受けられるはず、と踏んだ見林の眼力も天晴《あっぱ》れですな」

「確かに。あの二人には改めて対局の機会を設けるがよいな。大膳亮、あの男、気に入ったぞ。どうしても処断したいのなら、私に譲れ。家臣にする」

「そっ、それはなりませぬ！　あやつは大事な懐刀ですぞ」

　その懐刀を斬って捨てようとしたことをすっかり失念している幸利に、宗俊と重矩は苦笑した。


　兵庫が廊下の角を曲がると、福々しい顔の男が壁にもたれて待っていた。顔は福々しいが、笑顔は消えている。

「この邸は、庭がなかなかの趣向ですよ。ご案内しましょう」

　家人気どりで案内された庭は、ごくごく普通のつくりだった。聞かれたくない話があるのであろう、と兵庫は手水《ちょうず》を使う見林の丸い背中を見つめた。

見林が手拭いを使いながら振り返る。

「それにしても、大坂城代はさすがですな。三局目を止めたのは、御城碁の再現を見せられた、とお気づきになったからでしょう」

「そうでしょうね。ところで——何故、御城碁の再現を？」

「大膳亮さまが見応えのある対局をせよ、と仰せだったので」

「私が御城碁の棋譜を覚えていなければ、どうされるおつもりだったのですか？　目も当てられぬ結果になるのでは？」

「戸ノ内兵庫という人は、大層、物知りな方とお聞きしておりましたので」

兵庫は目を丸くし、ああ、と得心した。

「もしかして、坂口立益先生ですか？」

同じ京に住まう漢方医同士、交流もあるのだろう。

「いえ、違います」

「では、どなたが……」

「私です」

振り返った兵庫は、庭に面した部屋から出てきた女を見て、あんぐりと口を開けた。意志の強そうな目と口元の色っぽい黒子——。

「サヤ殿……？　な、何故、ここに！」

「いまは縁あって板倉さまの奥にて相勤めております」

「そう、でしたか」

サヤが庭に下り、戸惑う兵庫の前で頭を下げる。

「兵庫さま。お懐かしゅうございます」

「サヤ殿」

見つめ合う二人の背後で、見林がわざとらしく咳払いをした。

「再会の機会を作って差し上げた私のことも、思い出していただきたいものですな」

「失礼いたしました、見林先生。思いもかけず、こうして再会を果たせたのは先生のおかげです」

「あ、うむ、いや、なに、サヤ殿たっての頼みとあればこそ」

見林は鼻の下を伸ばしつつ、機嫌を直した。兵庫はもう少し話したかったが、そのあとは夏風邪を召している奥の話になってしまった。

サヤは「では」と頭を下げて、あっさり部屋に戻って行った。

「兵庫殿。抜け駆けは厳禁ですぞ」

サヤに見せていたふやけた顔はどこへやら、見林は剣呑《けんのん》な表情で兵庫を睨む。

「抜け駆け……見林殿がすでにお手を付けられているわけではないのですか」

「お会いしてまだ日は浅いのですが、夫婦になりませんか、と申し上げました」

兵庫は驚いて見林を見た。見林が悔しそうな顔で兵庫を睨み返した。

「しかしながら、未だ色よい返事はもらえておりません」

「そうでしたか……」

安堵の表情を浮かべた兵庫を、見林はぶすっとした顔で睨む。

「会うたび、戸ノ内兵庫なる男の話を聞かされる、こちらの身にもなってもらいたい。まあ、そんな次第ですので、次にまた対局する折は真剣勝負と参りましょう。コテンパンにして差し上げます」

睨まれているのに、兵庫のほうは相好《そうごう》を崩している。サヤが自分のことを忘れていなかったし、他の男の誘いも断っている。十二分に喜ばしいことだった。

「兵庫さま。ちょっとこちらに」

見送りに出て来たサヤがそっと兵庫の袖を引いた。幸利はもう駕籠に乗り、列が進み始めている。

引き込まれた門の陰で、風呂敷に包まれたものを差しだされた。江戸でサヤから浄晃寺に寄進する巻紙を受け取ったことが、昨日のことのように思い返された。

だが、あのときと違ってサヤの表情はこわばっている。先ほどはあれほど嬉しそうだったのに。

「これは……？」

包みは寄進の紙よりも小ぶりだが、硬い。重箱らしき感触に首を傾げていると、サヤが早口で言った。

「城代さまからのお気遣いです。褒美をなしにしてしまったから、と。小さなお子がいらっしゃるとか。ご家族でお召し上がりください、とのことです」

さすがの兵庫も仰天した。兵庫が見林と席を外していた間に、俎上《そじょう》にあげられていたに違いない。それをサヤが伝え聞いたのだろう。

「サヤ殿、誤解です。甚吉は江戸で雇い入れた小姓見習いですし、小さな子ではなく、もう十三です。妻もおりませぬ」

最後の言葉を特に力を込めて言うと、クスクス笑い始めた。

「冗談でございます。血のつながらない子を引き受けるとは奇特な、と板倉さまも仰せにございます。ただ、他の皆さまにはご内密に」

「お心遣い、痛み入ります。よろしくお伝えください」

頭を下げた兵庫に、サヤが顔を近づけ、囁いた。

「その重箱、必ずお返しくださいね」

少し恥ずかしそうな表情を袂で隠し、さっと身を翻す。呼び止める暇もない。茫然《ぼうぜん》と見送っていると、見林が近づいてきた。

「よかったではないですか。ここの料理番は腕がよいですぞ」

目に嫉妬の色を浮かべる見林に、兵庫は「困りました」とため息を漏らした。

「めったにお休みをいただけないのです。重箱を長くお借りしてしまっては申し訳ないですよね……。早々に、誰か人を頼んでお返しすることにいたしましょう」

見林は目と口をあんぐりと開けた。

「いや、アンタ、阿呆ですか！　サヤ殿がわざわざ会う機会をつくってくださったというのに、他の人を寄越してどうするんですか！　大坂へ来る用を作ればよいでしょう！」

え、と兵庫は見林を見返した。

「あ……なるほど、そういうことですか……」

赤くなる兵庫に、見林は「わかりましたよ」と大きなため息をついた。

「サヤ殿に悲しい顔をさせたくはありません。近々、用を作って差し上げましょう。

敵に塩を送るのは癪《しゃく》ですが、サヤ殿に感謝されると思えばこそ」

それより、と見林は兵庫を見つめた。

「帰りは船を使われると聞いておりますが、大膳亮さまの列ははるか彼方《かなた》。よいのですか？」

「あっ」

兵庫は丁寧に頭を下げると、風呂敷包みを抱えて表に飛び出した。

## 二十．恋の鞘当て

見林は有言実行の男らしい。それから十日ほどして所用をつくってくれた。尼崎城に招かれていた京の医師・坂口立益が昼食時、「殿、松下見林とご面識がおありだそうですな」と言い出したのだ。

「あの餅の如き男であろう」

幸利が、見林の色白で福々しい外見をたとえると、老医師は噴き出した。

てておりました」

「その餅が、ですね、鹿茸《ろくじょう》が手に入ったので、若殿さまにいかがでしょうか、と申しておりました」

「鹿茸——鹿の角か！　それは希少な」と幸利が顔をほころばせる。

「若殿さまは腎がお弱いですからな。鹿茸で精《せい》を生じ、髄《ずい》を補い、血を養えばお元気になることでしょう。すぐお渡しできるので、兵庫に取りに来させていただきたい、とのことでござります」と立益が言ったものだから、脇で聞いていた仁右衛門は渋い顔をした。

子どもの使いである。わざわざ兵庫が行く必要もないが、兵庫と妙に息の合った様子の松下見林のこと。わざわざ指名するということは、どう考えても息抜きの誘いであるが、「ならぬ」という特段の理由もない。

仁右衛門は苦虫を噛み潰したような顔で「御相伴衆なのだから夕食までに戻るように」と条件をつけたが、預かっている重箱とサヤに想いを馳せた兵庫はいつも以上の笑顔で平伏したのだった。

高価な鹿の角を持ってウロウロして、万が一のことがあっては大変である。だから、兵庫は先に板倉重矩の下屋敷に立ち寄り、重箱を返した。

「生憎、サヤ殿は奥方の御歌のお稽古に付き添われているとのことでしたので、重箱は料理番の方にお渡ししておきました」

兵庫からそう聞いた松下見林は、天を仰いだ。

「何のために、私が所用をこじつけたのですか！　帰りに出直すと言えばよかったでしょう！　どこまで気が回らないのですか！」

「しかし、万が一、人参を盗まれでもしたら」

「昼日中、大小を差しているお侍に追いはぎを仕掛ける者などおりませんよっ」

「そういうものでしょうか」

刀を抜かぬ主義の兵庫は、江戸でも尼崎でも、極力、刀を交える事態にならぬよう、巻き込まれぬよう心掛けている。侍だから襲われないだろう、と言われてもピンとこない。絶対はないのだ。

「そういうものですよ！」

叫んだ見林は手早く鹿の角を包むと、弟子に「出かけてくる」と声をかけた。

「お忙しいところ失礼仕りました。では、これにて」

腰を浮かした途端、「一緒に板倉邸へ参るんですよっ」と怒鳴られた。見林に鹿の角を押し付けられ、急《せ》き立てられるように往来へ出る。

「あなたは確かに私に負けず劣らず、知識があるでしょう。上背もあり、見目もよい。おまけに青山のお殿さまのお気に入りでもあるらしい。だが、女子の扱いはまったくですな。それでは女子に相手にもされぬでしょう」

プンプンしながら見林が言う。

「よくおわかりですね。いかにも……」

「女子と風邪はこじらせると面倒です」

見林はピシャリと言った。

「私もちょうど、内膳正さまの奥方にお渡しする薬がありますからお伴《とも》いたしますよ」

それならば心強いと歩き始めたら、「ちょっと」と腕を取られた。

「まさか、手ぶらで行くおつもりですか。詫びも含めて、サヤ殿が喜びそうなものをお持ちなさい」

やいのやいのと言われ、小物を売っている手近な店に入ってみた。しかし、何を選んでいいのやらわからない。困惑していると、店の女が「京ではいま、これが大層人気どすえ」と筆の長さほどの筒を差し出した。

受け取って軽く振ってみると、中でカタカタと音がしている。

「これは何ですか」

首を傾げる兵庫から「失礼しますえ」と筒を取ると、女は蓋をはずした。中には小ぶりの剃刀《かみそり》、錐《きり》、耳かきが収まっていた。おおっと驚く兵庫に、女が微笑む。

「この筒一つで三つのものが手に入る、大層便利やいうて評判なんどす。参勤交代の時には荷物が少ないほうがよろしおす」

「うむ、たしかに。では、これを」

見林が袖を引いた。

「兵庫殿。まさかそれをサヤ殿に贈るおつもりですか」

「ええ、便利ですから」

「……便利もいいですが、もう少し——なんというか、風情のあるものにしなさい」

風情、と呟き、兵庫は手に入れたばかりの筒を見下ろした。

「風情はありませんね……見林殿、使われますか？　いろいろお気遣いくださっているお礼です」

「いりません」

これまたピシャリと言われて、兵庫は帯の下に筒を押し込んだ。

女子への贈り物となるとなかなか決められず、京では杢左への土産の酒を買うにとどめ、結局、大坂で根付を買い求めた。サヤにぴったりのものが買えた、と悦に入っていたら、またも見林から物言いがついた。

「よい品かもしれませんが、蛇の根付とは……女子には少々勇ましすぎませんか」

「サヤ殿の干支《えと》が巳《み》なので……」

「白い蛇は縁起がいいと申しますが、この蛇は口を開けてやや戦闘的ではないですか」

銀の細工で、勇ましいサヤにふさわしいと思ったのだが、そう言われると兵庫は急に不安になってきた。

「まあ、よいでしょう。値の張るものだとわかってはいただけるでしょうからね。——兵庫殿、いいですか。その根付は誰かに預けるのではなく、ご自身でお渡しするように」

見林に念を押されて、兵庫は「信用がございませんね」と苦笑した。

「見林殿はずいぶんと親切な御仁だ。私たちは所謂《いわゆる》、恋敵ではないのですか」

「そうは言いましてもね、つい、差し出口を挟みたくもなるのですよ。こんな鈍い御仁ではサヤ殿が不憫《ふびん》ですからね。好いた女子には笑っておってほしいではないですか」

たしかに、と兵庫は深く頷いた。

「見林殿はよい事を仰せだ」

「……まあ、サヤ殿のことは置いておいて。次は時間を気にせずともよいときに、ゆるりと話をいたしましょう。私は大坂で生まれ育ったので、他の耳を気にせずともよい、うまい肴を出す店をいくつか知っておりますから」

あの辺りにもよい店が、と指さす見林に「いや、私は酒はあまり」と首を振りかけて、少し前にも同じような会話をしたな、といつぞやの夜を思い出す。

外記と多聞だ。侍長屋の共同井戸のところで、大坂で酒を飲もうと話していたが、まだ果たせていない。

「それにしても、大坂と江戸はずいぶんと違いますね」

「ほう、どのようなところが？」

「賑やかさが違います。店も多く、物売りの行き交いも多い。何より侍が少ない……江戸は大名屋敷がありますが、こちらは大坂城だけですから、それも道理なのですが」

牢人も少なく、軽妙なやりとりにはなかなか慣れないが、尼崎も大坂も京も居心地が良い、と兵庫の頬も緩んだ。

「ほら、あそこの店。酒の種類が多くて肴も気が利いたものを出しますよ」と見林が示した一角に、知った顔が見え、兵庫は思わず足を止めた。川村外記だった。色白で上背もある男前はどこにいても目立つ。

外記は確か今日は非番だった、と兵庫は記憶を辿《たど》る。殿から出ている毎日登城の命だが、近習や門番など、夜番のある場合はそれに非《あら》ず。外記も久しぶりの休みだ。息抜きに出たのだろう。

兵庫の視線を追った見林が目を細めた。

「おやおや、ずいぶんと見目のよい男ですね。お知り合いですか？　もし、お声をかけるならここでお待ちしていますよ」

「いえ……久方ぶりの休みで大坂まで出てきているところに水を差すのも」と言いながら、外記をもう一度見やった兵庫はハッとした。

外記に近づいていく男がいる。多聞だ。見知らぬ男を連れている。二人は外記に声をかけると、辺りに素早く目を走らせ、連れだって脇道に消えて行った。

「なんだか胡散臭そうな男たちですね……」

兵庫の心の内を、見林が代弁した。

外記が胡散臭い男たちに連れていかれたのは、奥まった路地にある店だった。「身分のある者たちが逢引《あいびき》に使う茶屋だ」と多聞に囁かれて、外記は硬い表情で顎を引いた。

久しぶりの休みの日、飲みに誘われて気軽に出てきたのだが、どうやら多聞のほうは楽しく呑むことが目的ではなさそうだった。誘われたときに、「兵庫は殿の使いで城外に出ている」と伝えたら、「そのほうが都合がよい」などと言われたこともあり、外記は少々警戒していた。

通された一室で値の張りそうな料理を前に、多聞の連れが頭を下げた。

「杉崎与平次《すぎさきよへいじ》と申す。元は浅野家に仕えておった」

大柄で押し出しのいい体軀から予想した通り、低い声だったが、耳触りが良い。ここで初めて、外記は多聞が致仕していたことを知った。だが、先だって兵庫の家で会ったときはそんなことは言っていなかった。いよいよ、きな臭い。

与平次は挨拶の一献を酌み交わしたあと、単刀直入に言った。

「我らには大願がある。その大願を果たすため、力になってはくれまいか」

聞かされた話はとんでもないものだった。実現するとは思えない代物だ。「失礼する」と座を蹴って立ち上がりかけたところで、多聞が言った。

「実現すれば、おぬしの大願も叶うぞ」

外記は多聞を睨んだ。祖父が持っていた豊臣所縁の名刀を手にしたい、という大願を、外記は多聞に話したことがあった。

「そう容易く叶うものではない」

外記は吐き捨てた。青山家家老・佐藤仁右衛門では脇差に近づくことすらできないと薄々気づき始めている。なんとか、幸利にもう少し近づき、いま刀を所有している讃岐の松平家へ口添えを頼むしかない、と思っていた。

「いまのままでは、叶わぬだろう。だが、幕府が倒れればどうだ？　例の刀もすぐさま手に入るぞ」

「そんな馬鹿なことが」

言いながらも、外記の瞳が揺れているのを見逃さず、与平次が膝を詰めてきた。低く囁く。

「馬鹿なことではない。大坂城を乗っ取れば、西の外様はこちらにつく。いくら参勤交代や江戸城の改修名目で金を供出されているとしても、外様の石高があれば十分に戦える」

尼崎城さえ崩せば、大坂城は楽に手中に入るだろう、と言われて、外記は考え込んだ。

魅力的な話だった。戦の功労で得た名刀『切刃貞宗』を取り戻すために戦をするというのは理に適っている気もした。だが、わずか数ヵ月といえども、共に過ごした家臣たちと戦うことができるだろうか――。

その考えを見越したように、与平次が言葉を続ける。

「別に青山家の者共と戦わねばならぬわけではない。青山家が改易させられるような不祥事を起こせばいいだけ。そのあとでどこの譜代大名が来ても、大坂城を守る気概は青山には及ばぬだろう」

外記は目の前の杯を空け、膳に戻した。

「で、私に何をしろと？」

その言葉に、多聞が嬉しそうに笑った。

## 二十一・蛇の根付

「料理方では少々混乱しておりましたよ。あの重箱は私物でしたので」

邸の裏庭で会った途端、サヤはいたずらっぽく笑った。

「それは……申し訳ございませぬ。その、お詫びとお礼に、これを」

渡された蛇の根付に、サヤが少しだけ目を見開いた。そのまま、黙ってじっと見つめている。それ見たことかと見林が苦笑した。

「情緒がないと止めたのですが。女子には少々勇ましいでしょう？」

「こういうことは不慣れで……お気に召されないのであれば、後日、また違う品をお持ちします」

弁明じみたことを言い、兵庫がサヤの手から根付を取り戻そうとしたら、彼女は慌てたようにきゅっと握り込んでしまった。

「嫌です。こちらがよいです」

「はあ、そう、ですか」

蛇を指でつまんで矯《た》めつ眇《すが》めつしているサヤに、「サヤ殿はそういう趣がお好みなのですね」と見林が鼻息荒く言った。

口元を袂で隠して笑ったサヤは、すいっと立ち上がった。

「見林先生、奥方さまがお待ちです。どうぞ」

兵庫も鹿の角の包みを抱え直した。

「では、私はここで。見林先生、今日はありがとうございました」

その兵庫をサヤが押しとどめた。

「大膳亮さまにお言伝《ことづて》がある、と殿が申されていました。あちらでお待ちくださいませ」

兵庫を庭に臨む一室に通し、見林とともに奥へ消えたサヤは、ほどなく一人で戻ってきた。

「青山家の家臣に桑原茂右衛門という方はおられますか」

「桑原――」

兵庫の頭に一人の老人の顔が浮かんだ。

先代の青山幸成の時代に仕官し、老年ながら今も肩書は持筒（鉄砲）頭である。大坂の陣では、幸成と共に二代将軍秀忠公のお傍に控えていたということで、家臣たちからは一目も二目も置かれ、当代の幸利も礼節のある態度で接する人物だ。

頭髪はすでに白く、腰も曲がっている。いつもニコニコしている好々爺《こうこうや》だが、馬揃えなどの折、持筒の出番になると人が変わる。萎《しな》びた身体のどこからそんな声が、と驚くほどの声で指導するので有名な人物だ。

武具の着付け指導を頼んでいる古参の一人で、指導を引き受けて以降、城では「馬鹿者、そうではない！」「あああっ、そこをそんなふうにしては容易く緩むであろうっ」と茂右衛門の元気な怒鳴り声が響き渡っていた。

茂右衛門に鍛えられ、武具の着付けに自信を持った者も多く、武具の手入れを率先してするなど、城内が一気に活気づいていた。

だが、茂右衛門は近頃、体調を崩しがちである。

「あのう、その者がなにか？」

「殿の古くからの存知よりの方だとか」

その言葉で合点した。茂右衛門と内膳正が面会する機会をつくってほしいということだ。幸利が来坂の際の随行に加えるという手があるが、茂右衛門の六十八という年齢、体調が安定しないことを考えると難しい。

「もちろん、殿も無理は承知しております。できれば、とのことですので。大膳亮さまのお耳に入れていただく機会がございましたら……」

「承知仕りました」

頭を下げ、今度こそ「では」と立ち去ろうと廊下に出たとき――。

「兵庫さま」

「はい」と振り返った途端、サヤが胸に飛び込んできた。

「さ、サヤ殿……」

「門脇多聞はすでに浅野家には仕えておりません。お気をつけ遊ばせ」

兵庫は息を呑んだ。かすれ声で問う。

「何故、あなたがそれを」

「大坂定番邸ですから、いろいろな話が入ってくるのです。いまこうしている私たちのことも」

遠目には二人は恋人同士のように見えたかもしれない。ハッと慌てて身を離そうとしたとき、サヤが耳元で囁いた。

「お約束しましたでしょう？　あなたの天命を、私がお支えすることができるならば本望でございます」

では、と今度は先に身を離しかけたサヤの腕を兵庫は素早く摑んだ。

「サヤ殿。くれぐれも無理はなさらないでください」

いくら腕が立つとは言え、あちこちに忍びが潜んでいるようなこの邸。己のせいでサヤに何かあっては困る、と思わず力んだら、「あの、少し緩めてください」と困った顔をされた。

強く握ったせいで、サヤの手首には赤い指の跡がついてしまった。

「こっ、これは申し訳ないっ」

頭を下げる兵庫に、サヤはクスクス笑った。

「ようございます。ならば、サヤの様子をまた見に来てください」

「サヤ殿のご様子を、ですか」

不要領な顔で頷いた兵庫の腕を、サヤがキュッとつねった。

「会いに来てくださいね、と申しているのです」

それだけ言うと、さっさと門へと歩きだす。兵庫は慌てて後を追った。前を歩くサヤの耳は真っ赤に染まっていた。

## 二十二．金の間

急いだものの夕餉には間に合わず、仁右衛門に散々嫌味を言われた兵庫は、夜食の席に座を連ねた。

「兵庫。京はどうであった」

「は、旅人も多く、なかなか賑やかでございました。鹿茸はすぐ、江戸へお送りするよう、手配仕りましたのでご安心を。ところで、所用があり、板倉さまのところに立ち寄りましてござります」

「なんじゃと、誰の許しを得て」と仁右衛門がカッとなるところを、幸利が手で押さえた。

「それで何ぞあったか」

「板倉さまと、当家の桑原茂右衛門殿には古きご縁があるそうです」

「うむ。父に仕える前は、板倉家に仕官していたはずじゃ」

「次に殿が邸にお運びの際には、茂右衛門殿の同行にご配慮を、とのことです」

幸利は、「む」と難しい顔で唸った。仁右衛門も「それは無理であろう」と声をあげた。

近頃は体調を崩すことも多い茂右衛門の大坂行きは、駕籠でならば可能かもしれぬが、万が一、先方にいる間に何かあっては迷惑をかけることになる。

「もしかすると、茂右衛門殿の具合がよろしくないということがお耳に入ったのかもしれません」

「殿。では、茂右衛門に文を書かせて届けましょうか」

仁右衛門の案が最善であると思われたが、幸利は首を振った。

「いや、いっそのこと――内膳正さまをこちらにお招きしよう」

「……はっ？」

「うむ、そうじゃ、一度この城を見ていただきたかったのだ。仁右衛門、早急にお運びいただけるよう、手配せよ！」

仁右衛門は慌てた。早急に、と言っても戦時ではないのだから、早馬を飛ばすような内容ではない。先方だって、「早急に」と招かれたところで準備もある。何度かやりとりをし、日取りを調整し――とやっていると、どれだけ急いでも、師走《しわす》にかかってしまう。

大名、それも大坂定番を招くとなると相応の準備が必要であり、そこに師走の雑事が加わるとなると城内は、いや、仁右衛門がとんでもないことになる。

「あの、もう少し時候がよくなってからのほうがよいのでは」と仁右衛門が言った途端、久々に雷が落ちた。

「馬鹿者！　暖かくなるまでに茂右衛門が悪うなったらなんとする！」

「は……っ」

「内膳正さまにも茂右衛門にも面目が立たん！　早急に手配せよ、早急にな！　わかっておろうが、内膳正さまにお休みいただくのは『金の間』にせよ！」

勘弁してくれ、と仁右衛門は悲鳴をあげたくなった。本丸の奥にある『金の間』は文字通り、壁や襖は金箔《きんぱく》貼り。水屋がある茶室や、湯殿まで設《しつら》えられている。日頃から掃除は怠ってはいないが、めったに使われないため、表面的な掃除に留まっている。

かくして——師走の雑事に加え、板倉重矩を招待する調整、饗応《きょうおう》の手配、豪華な総金貼りの大広間『金の間』の総点検までしなければならなくなり、仁右衛門は卒倒しそうだった。『金の間』は正月の行事で使うから、点検しなければならぬ場所だったが、それが前倒しになってしまうと、負担が大きくなる。

内膳正との面会まで、茂右衛門の身に万が一があってはならぬ、と幸利が高価な漢方薬や精の付くものを与えたため、出費もかさみ、商人に借金を申し出るはめにもなった。

とにかく、時期が悪かった。明らかに八つ当たりとはわかっていても、（あやつが板倉邸に行きさえしなければ！）と仁右衛門が兵庫を斬り殺したくなるのも道理だった。

## 二十三．侍屋敷

夜食の相伴が終わり、兵庫は下城した。朝から板倉邸経由で京の見林のところへ行き、大坂でサヤに会い――長い一日だったが、まだ終わらない。京で買った土産の酒を杢左に渡しにいかねばならない。

町人屋敷に近い侍長屋に住んでいる兵庫や外記と違い、杢左衛門は城の西大手門を渡ってすぐの侍屋敷に住んでいる。どうせ、帰り道だ。

一人身の杢左衛門は徒士頭ながら、下の者と分け隔てなく接するため、しばしば侍長屋で飲んで、そのまま朝まで寝ることもある。もしかすると、今宵もどこかで飲んでいるかと思ったが、在宅していた。

兵庫が手にした徳利を見るなり、破顔した。

「やあやあやあ、待っておったぞ、兵庫！　入れ入れ、うまい肴もあるぞ！」

うまい肴？　と見てみれば、座敷には仏頂面の外記がいた。

「外記が大坂に出ると言うのでな、兵庫が酒を持ってくるから美味いもんを買《こ》うてこい、と頼んでおいたのだ」

そうか、と兵庫は何食わぬ顔で頷いた。

「外記。大坂に行ったのか」

「うむ。一日寝ていようと思ったのだが、よい天気だったのでな。大坂まで足を伸ばしてみた」

外記はいつも通り変わらぬ様子でボソボソとそんなことを言う。そこへ盃代わりの湯呑みを持ってきた杢左が割り込んだ。

「それより、兵庫。聞いたぞ！　先だって、大坂城代や大坂定番を前に碁を打った折、褒美に布団をねだったそうだな」

外記が不審げに兵庫を見た。

「何故、布団など……？」

「褒美であれば、買うていただけるかと思うてな。だが、引き分けと相成り、頓挫《とんざ》してしまった」

あっ、と外記が声をあげた。

「おぬし、まさかその布団を殿の洗い替えにするつもりだったのかっ」

節制に努め、贅沢を嫌う幸利は古い布団をずっと使っている。洗い替えの布団もなく、江戸への参勤の折にまで持っていくものだから、洗う暇がない。

つまり、長年の酷使で布団は垢《あか》だらけ、継《つ》ぎ接《は》ぎだらけ。煎餅のごとく薄く固い布団で殿が寝ているというのは聊か外聞が悪い。おまけにもう一つ、問題があった。

「ここだけの話、寝所は少々臭い……」

外記がポツンと呟いた。近習の外記は、週に一度、寝ずの夜番がある。寝所隣に控え、何かあったときは真っ先に殿をお守りする。

少々というのは外記の気遣いで、その実、相当に臭い。自然、近習たちは鼻ではなく口で呼吸する癖がついていた。

「本来は鼻で息をするのがよいのだが」と兵庫は悩ましい顔で腕を組んだ。

「口で息をすると、喉や口が乾燥する。乾燥が著しいと、邪が入りやすくなる」

「ジャとはなんだ？　蛇でも来るのかあ？」

杢左がろれつの回らない口調で、酒を飲みながら尋ねる。

「邪気というほうがわかりよいかもしれぬな。肌が乾くと、身体に悪い熱気や寒気、病が入り込みやすくなるそうだ。皮膚は適度に湿り気があるほうがよい」

「なるほどな。しかし、臭いのせいで人の邪が入りにくいかもしれぬぞ。天井裏や畳下に忍びの者が潜んでも、臭くて長くはおれんだろう」

　兵庫も外記も虚をつかれた。

「そうか……！　もしかすると、それが殿の狙いなのかも」と兵庫が呟き、外記は
「そう思いたいが、吝嗇なだけであろう」と真顔で応じた。

　兵庫も外記もあまり酒には手をつけない。杢左が陽気に喋《しゃべ》りながら杯を重ね、厠《かわや》へと立ったときは、足取りがかなり怪しかった。

　転ぶなよ、と声をかけ、兵庫は台所に立った。沸かした湯を冷まし、湯呑みに分け注ぐ。

「そう言えば、外記。大坂では多聞殿と会うておったのだろう？」

　湯呑みに手を伸ばしかけていた外記の手が、止まった。

「何故、多聞と会うたことを知っている？　おぬしは京に行っていたはずではないのか」

　外記の尖《とが》った声に、兵庫は（おや？）とその顔を見つめた。

「いや、京の帰りに大坂に立ち寄ってな。そのときに、おまえと多聞殿がもう一人の男と一緒におるところを――」

「黙れ」

早口で遮《さえぎ》られ、兵庫は口を噤んだ。酒はさほど入っていないのに、今日の外記は妙に血気《けっき》走っている、と怪訝に思ったとき、近づいてくる足音が聞こえた。杢左が戻ってきたのだ。

外記が顔を寄せ、低く鋭い声で言う。

「後で話す。酔い潰れたふりをしろ」

「私は下戸《げこ》なのに、それは珍妙であろう」

舌打ちが聞こえた直後、兵庫のみぞおちに拳がめり込んだ。

「ぐ……っ」

兵庫は前のめりに崩れ落ちた。当たる直前、咄嗟に息を全部吐き切ったため、我慢できない痛みではなかったが、さすがに少々堪えた。

「いやぁ、夜はそろそろ冷え込んできたな」と言いながら入ってきた杢左は、倒れて呻いている兵庫に目をむいた。

「どうしたのだっ」

「いや、兵庫が酒と白湯を間違えて飲んでしまって。下戸というのは難儀なもんだな」

「なんじゃ、間抜けなことよ——ああ、そこへ置いておけ。俺もよく兵庫のところに泊めてもらっているから、たまには逆もよかろう」

「いや、それがな」

よいしょ、と外記が兵庫の脇に身体を入れ、抱え起こす。

「うっ」

口を覆った兵庫から、李左が慌てて飛びのく。

「ここで粗相させてはおぬしに気の毒だ。かと言って、夜も遅い故、甚吉に酔っ払いの面倒を見させるわけにもいかぬ。うちに泊めよう。着く頃には吐ききっておるだろうしな」

「そ、そうだな。用人もおらんから、部屋を汚されてはなかなか難儀だ。外記、頼んだぞ」

兵庫は外記の肩を借りながら外に出た。

侍屋敷の一帯を越えた辺りで、外記は兵庫の身体を放した。内密な話は屋内よりも歩きながらのほうがよいだろう。

「すまなかったな、腹は大丈夫か」

「みぞおちに一撃だ。明日は飯が食えぬかもしれぬ」

「すまない……」

「冗談だ。ちゃんと受けたから痣《あざ》ぐらいで済むであろう」

確かに叩き込んだ拳は胃の腑を抉《えぐ》ったという手ごたえはなかった。鍛え上げられた肉にうまく受け止められた、という印象だ。やはり相当の手練れである。

だからこそ、外記は多聞から聞かされた話が信じられない。兵庫が刀を抜けない、腰抜け侍とは。

多聞は、江戸から来た岩之助から聞いたと言っていた。確かめる方法はないのだろうか、と兵庫をうかがうと、月明かりの下、真っすぐ見つめる目とぶつかった。

「外記。多聞殿のこと、杢左に聞かれてはまずいのか」

「……杢左は多聞のことを嫌っておるだろう。やいのやいのと説教されてはかなわぬ」

「連れの御仁は見たことのない顔であったなぁ」

兵庫の呟きに、外記はわずかに緊張した。杉崎与平次に言われたことを思い出す。嘘をつくときは、真実を一つ二つ混ぜろ、そうすれば見抜かれない。

「多聞の友人で、杉崎与平次殿だ。陽気で面白い男だから、と連れてきてくれた。俺も多聞も少々陰気臭いのでな。おかげで楽しい時間だった」

「……そうか。ならば、多聞殿が今は牢人の身の上だということは知っているか」

外記は動揺した。浅野家が人を探していることにしたほうが、兵庫に疑われなくてよい、と聞いたところだった。だが、兵庫はどこかで聞き知っていたらしい。嘘をつけば余計に疑われるだけだ。

外記は頷いた。

「知っているのならよい。多聞殿は昔から、軍学や兵法となると周りが見えなくなる質でな。もし、何か面倒に巻き込まれそうな気配があれば、すぐに引くのだぞ」

心配そうな顔に、外記の胸は少し痛んだが、大願のためだと己に言い聞かせる。

「大事ない」

微笑み返す。当面は青山家にいながら、多聞や与平次からの指示を遂行していかねばならない。疑われて追い出されるようなことにならぬよう、慎重に事を運ぼう、と外記は決意を新たにした。

外記の家の前で、「では」と別れようとする兵庫に慌てて声をかけた。

「兵庫、杢左に言うた通り、うちに泊まってゆけ」

嘘をつき続けるのはなかなかにくたびれる。頭の切れる兵庫相手ならば猶更《なおさら》だ。だから、一人でゆっくり休みたかったが、杢左に疑われるのも厄介だという判断だった。

「いや、甚吉に土産もあるので家に戻る。どうせ、杢左はあれほど酔うておった。私がどこで寝るのかなど、気にしてはおらぬだろう」

そう言って、兵庫は自分の家へと消えて行った。大きなため息が漏れる。短い付き合いとは言っても、兵庫も杢左も今ではかけがえのない仲間だ。

兵庫が殿の命を受けておらず、杢左も大原岩之助あたりのように殿に反発をしているならば、仲間に引き込みたかった。知恵の兵庫、力の杢左。鬼に金棒なのだが、恐らく口が達者な杉崎与平次でも説得は難しいだろう。

「大願のためだ」

自分に言い聞かせるように呟き、外記は戸を開けた。

甚吉への京土産は、例の便利な筒だった。

「すごい！　錐に耳かきに剃刀まで！　これは大層便利です」

「代わりにと言ってはなんだが、浄晃寺の練宗和尚に手紙を書いてくれ。元気にしておることなど、尼崎での暮らしを織り交ぜて」

「承知しました！」

「ただし、殿にかかわることは書かないよう。さらに」と兵庫は甚吉の手を取って、文字を書いた。

「この、『杉・崎・与・平・次』という文字を、不自然ではない形で、でも縦や斜めに読んだらわかるように、文の中に潜り込ませてくれ。少々難しいのだが……できるか？」

「暗号ですね！　やれます！」

甚吉は声を弾ませ、翌夕には江戸への飛脚に預けてくれた。

## 二十四．密告と忠告

家老・佐藤仁右衛門は疲弊していた。いつも通り冷静に振る舞ってはいるものの、内心では（何故、ワシがこのような目に！）と駄々っ子のように暴れたい気持ちを必死で押さえつけていた。

なにせ、鬼のように忙しいところに、家老の一人が病で臥《ふ》せったため、負担が増している。

師走に入り、煤払《すすはら》いやら付け届けの手配や受け取り、江戸奥向きへの差配とてんてこ舞いのところへさらに――。

「ご家老。内膳正さまの夜具が届きましてございます。お確かめのほどを」

「ご家老。内膳正さま、ご到着の折にお迎えいたします家臣の名でございます。お確かめのほどを」

「ご家老。内膳正さまにお出しするお料理の品書きでございます。お確かめのほどを」

適当にやっておけ！　と言えたらどれほどよいか。だが、大坂定番・板倉内膳正に関わることを適当にはできない。

仁右衛門は血走った目で料理の品書きを確かめていく。とにかく、こなすしかない。こなさねば、どんどん「お確かめのほど」が溜まっていく。

内膳正の饗応準備に大わらわの仁右衛門は、外記から「戸ノ内兵庫が近頃、しばしば大坂に出ております」と聞いて、（また何かろくでもないことを！）と頭に血が上った。

そもそも、内膳正の饗応についても、兵庫が勝手に板倉邸に足を運んだせいだ。兵庫が行かなければ、松の内が明けてからのもう少し余裕のある時期になったかもしれず、さらに言うならば、桑原茂右衛門も面会どころではない身体になっていて内膳正の来駕《らいが》すらなかったかもしれないのだ。仁右衛門の兵庫への心証は甚だ悪い。

「大坂に出て何をしておるのだっ」

「女と逢引をしておるようです」

仁右衛門は顎が外れそうなほど驚いた。あの生真面目な男が女に溺れていることも驚きだったが、次に来たのは沸々とした怒りだった。己がこのように忙殺されているというのに、原因をつくったヤツが遊び惚《ほう》けているとは！

「殿のお傍に相務めぬときは、兵庫を探りたいのですが、なにぶん、毎日登城のことというお達しがあるものですから――出稽古ということにしておいていただけませぬか。家老のお許しがあるならば、周りの目を気にせず城外へ出て兵庫を追うことができます」

「許す！　兵庫から目を離すな！」

こうして、外記は堂々と城外へ出るようになった。

外記が仁右衛門に言っていないことがいくつかある。兵庫が逢引する際には御典医・松下見林も一緒だったし、場所も逢引茶屋などではなく、団子屋だったり、板倉邸だったりした。

板倉邸ということで、何か企んでいるのかと緊張したが、与平次の手の者に探ってもらったところ甚だ馬鹿馬鹿しいことがわかった。

「色惚《ぼ》けだな」と与平次は薄笑いを浮かべながら言った。

「板倉の奥女中を御典医と取り合っている。此度は浄瑠璃見物、此度は神社仏閣見物など、あれやこれやと手を変えて女の気を引こうとしている。確かに別嬪《べっぴん》だが、たかが奥女中だぞ。実はどこかの大名家や豪商の娘であったりするのかもしれぬが」

これは多聞が一笑に付した。

「あの朴念仁《ぼくねんじん》が、嫁の家にこだわるとも思えぬ」

与平次が念のため、奥女中・サヤの経歴を調べたが、板倉の奥方に仕える筆頭老女が佐賀《さが》・鍋島《なべしま》家所縁の者で、その者の縁故づきだった。

「よほどよい女子なのであろう」ということで落ち着いたが、多聞は「鍋島家」に引っかかりを覚えた。鍋島は外様でありながら、水戸と交流が深く、南蛮渡来の品が何度も贈られていた。

——だが、それがなんだというのだ？

己の引っかかりに苦笑し、多聞はサヤの素性について気にすることはなかった。

兵庫の色惚け具合に最も呆れたのは、外記だった。剣を抜けないと聞いて以来、尊敬の念が少々薄れていたが、女の取り合いで兵庫を（ご立派なことを言っていても、女にうつつを抜かす、取るに足りない者）と断じた。兵庫の色惚け話は、大願のために仲間を裏切ることへの負い目を帳消しにしてくれたのだった。

外記は、兵庫の外出とまったく関係がない日に城外へ出ていたが、多忙になった仁右衛門はまったく気づく様子がなかった。

外記がもたらした、板倉内膳正の尼崎来訪の話は与平次たちを興奮させた。

「帰り道、尼崎と大坂の境目辺りで板倉の列を襲うぞ。双方の警護が一番気を許す位置だ。板倉を人質に取れば、定番の一角、京橋が動けなくなる。さすれば、大坂城の守りもかなり手薄になる」

「青山の殿さまが躍起になるぞ」

外記が口を挟んだが、与平次は鷹揚に笑った。

「躍起になればしめたもの。血が上った将ほど討ちやすいものはない」

そこからは手筈《てはず》が淡々と話し合われた。

「尼崎城へは私もお供することになりました」

淀川を下る屋形舟の中でサヤが言った。伏見から大坂まで船頭以外の目や耳を気にする必要もなく、いつになくゆったりした気分で兵庫は障子戸を薄く開けて川沿いの景色を眺めていた。

枚方《ひらかた》あたりでは川遊びの舟を目当てにした煮売り舟もなかなかの数で、「くらわんかぁ」「くらわんかぁ」と甘辛い匂いをさせながら、ちょこまかと舟の間を行き来していた。

さすがに師走ともなれば舟の往来も減るかと思いきや、荷を運ぶ過書船《かしょぶね》は引っ切りなし、炬燵を仕込んだ船で酒を傾けるのはなかなか粋なのか、大店の旦那、若旦那衆の姿が見える屋形舟も多い。

薄く戸を開けていることに目ざとく気づいた煮売り舟がスイスイ近づいてきたから、兵庫は慌てて障子戸を閉めた。

「それにしても……サヤ殿。あなたはいったい何者なのですか。このように一艘《そう》仕立てるなど、ただの奥女中とは思えない」

見林の聞き方に窺《うかが》うような色はない。素直に驚きを口にする餅の如き男に、サヤは微笑みを返した。

「殿は尼崎から大坂へ戻られますが、奥方さまは寺やお宮に詣りつつ、ゆったりとお戻りになります。ですから、私がこうして出歩いているのもただ遊んでいるわけではありませんからね」

今日はこのあと、天神橋《てんじんばし》で下り、天満宮《てんまんぐう》に参詣することになっていた。

「なるほど、下見ならば殿も金に糸目はつけられますまい」

見林はこだわらない質なのか、奥女中にしては分不相応な金の使い方について、それ以上、問いただしてはこなかった。

金の出どころは『彼の方』に違いない、と兵庫は思った。江戸を発つ前に、身近に守る者（もしくは見張る者）を置く、と暗に言われていた。それとは別に、兵庫への伝達などを容易にできるよう、名乗りをあげたサヤを寄越したのだろう。『彼の方』の口利きだからこそ、サヤは邸内外でこれほど気ままに動けるのだ。

「少し風に当たりたくなりました。兵庫さま、お付き合いいただけますか」

内密の話がある、ということだ。見林は察してついてこなかった。

水上は風が強い。ぶるっと身を震わせたサヤに、兵庫は脱いだ羽織を着せかけた。

「兵庫さま、いけません、お風邪を」

「大丈夫です。こう見えて鍛えておりますので。ところで大事なお話があるのでしょう？」

「はい。杉崎与平次について、調べがつきました。江戸で門脇多聞と同じ塾に行っていたそうです。浅野家を出たのちはあちこちで剣や軍学の指南をしていました。与平次の後ろにいる者についてはまだわかりません」

甚吉に暗号手紙を出させてから、さほど日は経っていない。

「西の要・大坂城は決して乗っ取られてはならぬ、と仰せです」

誰が、とは言わない。聞かずともわかる。兵庫は白い息を吐きながら、「承知仕りましたとお伝えください」と呟いた。

「兵庫さまなら、大坂城をどのように攻められますか？」

大坂城を外敵から守る役割を、京橋口と玉造《たまつくり》口の定番が担っている。

「私なら――大坂城の火薬を任されている京橋の板倉さまをまず押さえます。さすれば、勝ったも同然。近々ある板倉さまのご来駕は、与平次たちにとってまたとない機会でしょう」

外にいるほうが襲いやすい。また、殿や奥方の護衛に人手を割いているならば、京橋口の邸も攻めやすい。

「サヤ殿。板倉さまの邸と火薬庫の周り、十全な警護をお願いいたします」

「兵庫さまもどうぞ、無理はなさらぬように……」

「ありがとうございます。ここは冷えますから、戻りましょう。見林殿がやきもきされておられる」

羽織を返す際、お互いの手が触れた。冷え切っていた手はサヤの指に触れた途端、カッと熱くなり、兵庫は思わず羽織を受け取り損なってしまった。

板倉内膳正の饗応まであと一週間という日の朝食の席で、兵庫が不意に言った。

「殿。近頃ちっとも馬場に顔を出しておられぬでしょう。たまには紫気の機嫌を取り結びにきていただきとう存じます」

城内には耳がある。近習も張り付いている。愛馬を理由に、幸利を呼びつけるしかなかった。

「殿はご多忙なのだ。差し出がましいぞ、兵庫っ」

己の邸に戻る暇もないぐらい、多忙を極めている佐藤仁右衛門が怒鳴る。八つ当たりで尚《なお》も声をあげようとしているのを、幸利が手を上げることで制した。

「そうだな、近頃外乗りにも行く暇がない。後ほど参る」

こうして、昼八つの頃、幸利は紫気の鞍上にいた。兵庫が牽き綱を持ち、ゆっくり馬場を巡る。供の近習二人は「ついてこぬともよい」と強く言われたため、馬場の入り口で手持ち無沙汰である。近習の一人は外記だった。

兵庫が知り得たことを早口で告げると、幸利は「相分かった。内膳正ご来駕の折は行きも帰りもこちらからも警護を出そう」と囁いた。

「殿。恐れながら申し上げます」

「おぬしの恐れながら、久しぶりに聞いたな」と幸利が笑う。兵庫も笑いながら拳で口を隠した。

「殿。その警護には川村外記をお外しいただけますでしょうか」

腕の立つ外記は、当然、板倉内膳正の警護につく。それを外せば、外記も、後ろにいる多聞たちも気づくだろう。そちらの計画は漏れている、ということに。思いとどまってくれるように——多聞たちへの警告でもあった。

幸利が兵庫を横目で睨んだ。

「何故」

待たされている近習の一人、外記がこちらを見ていた。会話が聞こえぬものか、というように伸びあがっている。兵庫が淡々と告げる。

「敵に取り込まれている可能性が高《たこ》うございます」

「——相分かった」

幸利は馬場をひと回りすると、身軽に鞍から下りた。紫気が物足りなさそうに鼻を鳴らすのを、顔を叩いて宥める。

「年が明けたら、次は外乗りにでも参ろう」

兵庫が応える前に、紫気が頷くように首を大きく振った。


近習を務める外記は、板倉内膳正来駕の際に夜番に当たらぬよう、少し前から調整を始めていた。饗応する尼崎側でも送迎を分厚くすると聞いていたためだ。警護をする立場にいれば、板倉の乗る駕籠に近づくことは容易い。

「外記は同行に及ばず、と殿が仰せである」

不可解そうな表情の仁右衛門から、お達しを告げられ、外記は一瞬、茫然となった。

「訳は知らぬ。おぬし、何か不興を買うようなことをしたのか？」

外記にも理由はわからない。言えることは、此度の襲撃の折、外記が手柄を立てる可能性が減った——即ち、近づいたと思った祖父の『切刃貞宗』がまた遠ざかったことになる。

幸利に疑われるような行動は取っていないはずだった。多聞たちと交わるようになってから、尾行には気をつけているのだから。

多聞や与平次といるところを見られたのは一度だけ。兵庫に見られたときだけだ。さすれば、平静を装いながら、兵庫は外記をずっと怪しんでいたことになる。

仲間面をして、ご家老以上のタヌキだ、と外記は唇を噛んだ。

だが、おめおめと引き下がるわけにはいかない。やられたらやり返すまで。仁右衛門に疑惑を抱かせ、殿の信篤き兵庫を尼崎から追い出せば、与平次たちの計画も多少楽になるだろう。

「……兵庫が手を回したのやもしれませぬ」

慎重に口を開くと、仁右衛門の額の皺が一層深くなった。

「兵庫が何か企んでおる、というのか」

「大坂に頻繁に出かけ、人と会っているようです。女の取り合いは目くらまし。殿の失脚を狙っているならば、板倉さまを襲うぐらいはするやもしれません。兵庫を警護の列に加えてみればわかるでしょう。襲撃の折、賊と通じているならば敵を斬らず、味方に刃を向けるでしょう」

外記は迂闊にも、襲撃が行われると断定したのだが、血がのぼっている仁右衛門はそこに疑いを抱かなかった。

「わかった……兵庫は相当の手練れだそうだから、殿も警護に加わることをお許しになるだろう。兵庫から目を離さぬようにしておく」

家老部屋から下がった外記は、自室に座り込んで考えた。疑われたらすぐに尼崎を出るべし、と多聞から言われている。だが、少しでも味方の援護をしたい。やれることはやっておきたい。

だから、鍋に与平次から渡された漢方を入れ、クツクツと炊き上げた。濃い茶色の煮汁――センナの煮汁は瀉下《しゃか》の効果が強い。つまり、猛烈に腹を下す。

板倉内膳正が尼崎城に泊まった夜、外記は近習たちに薬湯を配って回るつもりだった。

「板倉さまの饗応は大層気が張る。殿の御指示で、漢方医の坂口立益先生が処方してくださった。疲れが取れる薬湯だそうだ。明日の警護もよろしく、と仰せだ」

そう言って差し入れれば、何の疑念も抱かずに薬湯は近習たちの腹に消え、警護の兵力は各段に落ちるだろう――。

## 二十五．襲撃

その日、板倉内膳正重矩の一行は無事に尼崎城に入った。幸利自らが玄関で待つという異例の出迎えから始まり、大書院へと続く廊下・椽《たるき》通りには十二組の組頭たちが低頭で居並んだ。

饗応の場となった七十七畳もの広さの大書院では、料理番が腕によりをかけた料理と酒が振る舞われた。

礼を尽くした出迎えと心を込めた饗応に、重矩は素直に喜びを口にした。

菊の間と牡丹《ぼたん》の間の二部屋を総金貼りにした通称『金の間』には「なんと見事な……」と息を呑み、船を出して海から城を見物すれば、「光る波と相まって、まるで錦絵のようだ」と感嘆のため息をついた。

官位は幸利より上であるにもかかわらず、重矩は仁右衛門ら家臣にも気安く声をかけ、酒を酌み交わした。

一度会っただけの兵庫も覚えめでたく、「聞くところによると、見林と奥女中のサヤを取り合っておるそうではないか。勝負がついたら知らせよ」などと言ったものだから、兵庫は真っ赤になり、幸利は物珍しそうにその赤い顔を眺めたのだった。

『金の間』では、数十年ぶりに桑原茂右衛門との対面も果たした。足腰がかなり弱っていた茂右衛門だが、重矩の前に出るときだけは介添えの手も借りず、己の足で歩いた。

「大層ご立派になられて……お父上によう似てこられましたなぁ」

重矩の父は、島原の一揆で戦死している。鎮圧軍の統制をうまく取ることができず、自棄《やけ》を起こしての突撃死、と口さがない連中もいたが、茂右衛門はきっぱりと言い切った。

「お父上は最期までご立派でござりました。残念ながら、家臣であった私は生きながらえて老醜をさらしておりまする。されど――」

茂右衛門は背筋を伸ばした。

「あら玉の　としの始《はじめ》に　散る花の　名のみ残らば　先がけとしれ」

朗々と詠んだのは、重矩の父・板倉重昌《しげまさ》辞世の句だ。重矩も幸利も黙って、老人を見守っている。

「――主を死なせ、己が生きながらえたことを恥と思うたこともありましたが、この歌が生きる支えでありました。私が生きながらえている間は重昌さまの名ばかりでなく、若き頃の武勇伝も残る。重昌さまはまだ生き続けておられまする」

感極まった重矩が茂右衛門に近づき、その手を握った。

「茂右衛門。父は良き家臣を持った。おぬしは父、そして大膳亮と素晴らしい主を持った。今宵は父の話を存分に聴かせてくれまいか」

二人は涙ながらに思い出話に花を咲かせ、幸利や互いの家臣たちも大いに楽しんだ。一刻ほどして茂右衛門の疲労の色が強くなり始めたのを潮に、面会は切り上げられた。

「大膳亮。素晴らしき計らい、深く感謝申し上げる」

招かれた重矩も、指示をした幸利も、忙しさに気がおかしくなりそうだった仁右衛門たち家臣も、大層満ち足りた時間を過ごした。

翌朝、出立の準備を見守る幸利と重矩に、仁右衛門が声をかけた。

「殿。お喜びいただいた饗応だからこそ、最後まできちんとお守りすべきかと存じます。もう少々、警護を増やしたほうがよいでしょう」

「そうだな。昨日酒が過ぎたのか近習どもの顔も冴《さ》えぬ故、腕に自信のある者たちを集めて警護を固めよ」

仁右衛門は、外記の忠告に従い、兵庫を選んだ。他に徒士頭の杢左、近頃、槍で腕を上げている角兵衛、岩之助と卯三郎を中心に十名ほどの徒士衆を警護につかせる。

岩之助と卯三郎は江戸からの雇い入れだが、幸利のやり方に未《いま》だに反発を抱いているせいか、近頃何かと仁右衛門にすり寄ってきている。噂によると、兵庫と遺恨もあるらしい。腕も立つ。見張りには適役だった。二人を呼びつけ、「兵庫から目を離すな」と念を押しておいた。

「大仰ではないか」と内膳正は苦笑したが、幸利は首を振った。

「念には念を入れぬと。それに奥方たちは別行動。見た目は行きとさほど人数は変わりませぬからな」

内膳正一行は尼崎城を後にした。奥方と奥女中たち、供の侍たちは街道を逆に行った。足を伸ばして神戸《こうべ》の生田《いくた》神社《じんじゃ》に参るのだ。

御一行、無事に出立と聞いて、部屋で休んでいた幸利は大きく頷いた。

「仁右衛門。忙しいなか、抜かりなくようやってくれた」

幸利からの率直な誉《ほ》め言葉に、さすがに仁右衛門も頬を紅潮させた。

「しかし、内膳正さまが無事にお邸に戻られるまで気は抜けませぬ」

「大丈夫であろう。杢左も兵庫もいる。あれだけの面々を出し抜くなぞ、よほどの者でなければ無理であろう」

そして、幸利は執務に黙々と取り組み始めた。


何かがおかしい——兵庫は行列が進むにつれて緊張してきた。板倉内膳正の警護に当たっている者の中から、チラホラと離脱者が出ているのだ。それも青山家の近習ばかり。青い顔で「ちょっと失礼」と離脱する。戻ってくる者は少ない。

唯一、天野伝八《あまのでんぱち》という若い近習だけが顔色を変えることなくついて来ている。

「天野殿。近習の者たちは何かあったのですか？」

「薬湯ですよ。今朝、飲んだものが悪かったようですね」

そう言って、伝八はずいっと左腕を兵庫に突き出して、羽織を捲《めく》った。袖の色が変わっている。少なくはない量を沁《し》みこませたのか、生乾きだった。

「殿からのお心遣いということでしたが、どうにも怪しいので飲みませんでした」

飲んだふりをして袖に流し込んだのだ。

「失敬」

兵庫は断りを入れて、伝八の腕を取った。濡れている袖に鼻をつける。

「……センナですか」

「相当濃いものでしたからねぇ。精がつくどころか、腹に力が入らぬのだから、飲んだ者たちは使い物になりませぬ」

「誰が持ってきたのですか」

「決まっているでしょう。警護から外された者ですよ」

外記か。警告が仇《あだ》になってしまった――兵庫は大きなため息をついた。尼崎からかなりの警護をつけると知り、内膳正は奥方に供を増やした。結果、こちらはかなり手薄になっている。

兵庫は重矩の乗っている駕籠近くに、杢左と角兵衛、出稽古の成果で腕が上がっている卯三郎を配置した。ところが、その卯三郎の腰のものを見て、兵庫は絶句した。

「卯三郎殿……何故、その刀を――」

幸利が角兵衛たちの長い鞘の先端を切り落として以来、尼崎城では長い刀は御法度である。卯三郎はその長い刀を差して、悦に入っていた。どうやら、重矩の供がみな長い刀を差しているから、許されると思ったらしい。

「殿の目につかなければよいであろう？」

「なりません。それに、せっかくの卯三郎殿の腕前、長い刀に振り回されるのはもったいない！」

珍しく兵庫の口調が強いものだったし、腕前を誉められて、卯三郎は悔しさ半分、嬉しさ半分で兵庫の刀と交換することになった。

「おぬしがよい恰好をしたいだけではないか」

悔しまぎれに嫌味を言ったが、「気を引き締めなければ、万が一のときに命を落としますよ」と逆に窘められたのだった。

街道といえども尼崎は人気の少ない箇所も多い。案の定、敵は松林のある風も人目も妨げるところで仕掛けてきた。

覆面をした侍が十人ばかり、いきなり斬りかかってきたのだ。奴らは重矩の駕籠を狙いにかかっている。

敵の腕前には差があった。かき集められた牢人なのだろう。兵庫は刀を抜かず、向かってきた敵の刀を避けると腰車の要領で投げ飛ばし、倒れた相手の肩の関節を外した。

「ぎゃあっ」

刀で斬りつけられるよりも大きな悲鳴をあげ、敵も味方も一瞬、兵庫を見た。

「兵庫っ、何をまだるっこしいことをしておるのだっ」

相手と刀を合わせている杢左に怒鳴られたが、刀を抜く気はさらさらなかった。

刀ごと飛び込んできた相手の手首を握って力で押し返し、急所を蹴り上げる。

なんとかなりそうだ、と思ったとき、敵の第二陣が来た。またもや十人だ。

「杢左さま、キリがありませんっ」と悲鳴を上げたのは卯三郎だ。片付けてもまた来るのではないか、という不安を煽るうまい作戦だ、と兵庫は唇を嚙んだ。

ならば、頭を叩くまで。

兵庫は素早く辺りを見渡した。絶対に指揮をとる者が近くにいるはず。

松の陰に、いつか大坂で多聞といた男がいる。あれが与平次だ、と当たりを付け、兵庫はそちらへ駆けた。

「兵庫っ？」

「杢左っ、あいつが頭だっ」

上背がある男が刀を抜いて、兵庫を迎え撃つ。兵庫は刀が届かないギリギリのところで、低く腰を落とした。

上段に構えていた男が構えを正眼に変えた。これでは腹をなぐることは無理だ。与平次はニヤリと笑った。

「腰抜け侍、戦い方はいつも同じか？」

兵庫は目を見張った。刀を抜かず体術での戦い方を知っているのは、江戸で相対した岩之助だけだ。岩之助もこやつらの息がかかっているのか、と思ったとき、「殿っ」と悲鳴が上がった。斬られて崩れ落ちた卯三郎の身体を踏みつけ、覆面の男が一人、重矩の駕籠に迫った。

男が戸を開ける。引きずり出すつもりだ。

「もらったっ」

駕籠に気を取られている兵庫に与平次が突進し、胴を払おうとした。だが、兵庫は鞘のままの刀で繰り出された技を受け流し、一足飛びに駕籠へ駆け戻った。

「板倉さまっ」

だが、覆面男は駕籠の中に手を突っ込んだまま、静止していた。その背中に刃先が突き出ている。覆面男がゆらりと仰向けに倒れた。駕籠から出てきた者に押しやられたのだ。

「え……、サヤ殿っ？」

出てきたのはサヤだった。

甲高く短い笛の音がした。退散の合図だ。覆面たちは仲間の遺体を捨て置いたまま、瞬時に立ち去った。

「万が一のために、殿に乗り替わっていただいておりました」

青い顔で呟いたサヤに、「いや、流石《さすが》である。サヤ、よくやった」と感嘆の声をあげたのは徒士衆の出で立ちをした重矩だった。

「サヤと相談して敵の裏をかいてやったぞ」

「板倉さま。そのようなこと、事前にお知らせいただかなければ、困ります」

李左は渋い顔をしたが、おかげで無事だったのは間違いない。

「サヤ殿、と申されるか。見事な腕前」

李左は遺体から抜いた刀の血を払い、懐紙で汚れを拭うとサヤに返した。

「サヤ殿、また助けられましたね。ありがとうございます」

兵庫が深々と頭を下げると、サヤは鞘に納めた小刀を抱き、「お約束いたしましたから」と微笑んだ。

兵庫は李左と手早く相談し、怪我をしていない者をすべて、重矩の供につけることにした。

敵の遺体は十。味方では重矩の供と幸利の近習、合わせて五人が死に、卯三郎や角兵衛など傷を負っている者が七人。肩を斬られた卯三郎が特に傷が深く、兵庫が己の下げ緒で傷口をきつく縛り止血をした上で、重矩が貸してくれた馬で城へ返した。

重矩が無事、邸に入るまで見届けねばならない。兵庫は角兵衛に岩之助から目を離さぬよう頼み、杢左や伝八と共に重矩一行を追いかけた。

## 二十六. 殺生與奪

重矩一行が襲われ、少なくない被害が出たと知り、尼崎城は騒然となった。尼崎領を出るまでの襲撃、その上、襲撃前に警護から離脱した近習が出ていたということで、幸利は怒髪天を衝《つ》くほど憤った。

「あやつらは何をしておるのだっ。全員まとめて、処断せよっ。逃げ出した者は特に厳重に罰せよっ」

ところが、警護に出なかった近習が「ほぼ全員、腹を下しておりました」と恐る恐る申し出た。

「殿より賜《たまわ》った立益さまの薬湯が身体に合わなかったようで」

「ワシが？　薬湯？　なんのことだっ」

そこでまたひと騒動起きた。板倉内膳正の饗応に合わせて京から出てきていた坂口立益は御典医と手分けして運び込まれた負傷者の手当てに当たっていたが、「濡れ衣だっ。まったく存じ上げないっ」と怒り狂った。

おまけに薬湯を持ってきた外記は姿が見えず、家はもぬけの殻。

「どうやら計画されたもののようですな。川村外記は大層見栄えよき男でしたが、どこかの手の者だったのでは？」

渋い顔の立益の言葉に、外記を雇い入れた佐藤仁右衛門が顔色をなくした。その横で幸利が怒鳴る。

「川村外記を探せっ。何としてもひっ捕らえ、誰の指示なのか吐かせるのだっ」

「申し上げます」

負傷者とともに戻ってきていた大原岩之助が進み出た。

「外記だけでなく、戸ノ内兵庫も問い詰めるべきかと存じます」

そこで仁右衛門は岩之助に兵庫の見張りを命じていたことを思い出した。

「な、何かあったのか」

「襲撃されたとき、兵庫は刀を抜きませんでした！　体術で投げ飛ばしたり、相手の関節を外し、動きを封じるのみ。敵を殺さぬよう心掛けているようにしか見えませぬ。板倉さまが襲撃されているというのに、その生ぬるさは明らかに不審でございます！」

「兵庫が敵と通じておるというのか！」

幸利の目は吊り上がり、顔が赤黒く染まった。反射的に腰が引けそうになるが、岩之助はグッと腹に力を入れた。岩之助はそれほど憤っていたのだ。

刀を抜けぬ腰抜け侍と侮っていたが、敵と通じるとは言語道断。何が目的か知らぬが、仲間が斬られ、気心の知れた卯三郎に至っては死線を彷徨《さまよ》っている。

「岩之助、落ち着け。兵庫が敵と通じてるはずがあれへんやろうっ」

殿の面前にもかかわらず、同じく頭に血が上った角兵衛が岩之助の腕を引っ張った。それを払いのけ、岩之助は口から泡を飛ばす勢いで訴えた。

「さらに敵の大将らしき男と対峙すると見せかけて、板倉さまの駕籠から離れたのです！　板倉さまが討たれたら真っ先に逃亡するためだとしか思えませぬ！」

一方、仁右衛門もはらわたが煮えくり返るほどの怒りを感じていた。目をかけていた外記の裏切りは俄かに信じがたかったが、口の上手い兵庫に懐柔されたに違いない。

「すぐに追っ手を出し、兵庫を捕えます！」

「杢左と伝八が一緒なのであろう？　ならば、城に戻ってくるはずだ。戻ってきたらひっ捕らえよっ。念のため、甚吉に見張りを立て、家探しもしておけっ。――仁右衛門、急ぎ、内膳正さまにお見舞いとお詫びの使いを立てよっ。亡くなった供、怪我を負った者への見舞金もつけるのだっ」

頷いた仁右衛門は、即座に祐筆《ゆうひつ》を呼ぶよう小姓に命じた。

夕刻、杢左や伝八とともに戻ってきた兵庫は直ちに拘束され、殿の前に引き出された。

「誰の命で此度の襲撃と相成った？　外記はどこへ逃げた？」

仁右衛門の問いには答えず、兵庫はじっと幸利を見つめた。

「答えんかっ」

ビリビリと空気を震わせるほどの幸利の怒号に、居並ぶ面々が息を呑んだ。だが、兵庫は背筋を伸ばして幸利を見つめたまま、静かに口を開いた。

「恐れながら、申し上げます」

この期に及んで、と幸利は憤怒《ふんぬ》の形相で兵庫を睨みつけた。

「本気でそのように思われるのであれば、殿の目は節穴でございます」

場が凍り付いた。

幸利が猛然と立ち上がり、刀に手をかけた。怒りのあまり体じゅうを震わせ、食いしばった歯からフゥフゥと荒い息が漏れている。

二人はしばし、睨み合った。

「殿、板倉さまより急ぎ返信が」と飛び込んできた家臣が、ぎょっとしたように立ちすくんだ。

幸利が脇息《きょうそく》を蹴飛ばした。脇息は身じろぎもしない兵庫の横を跳ね、転がる。

「――明日、斬首するっ。杢左っ、牢に入れておけっ」

この場での斬首はなくなり、大きく息を吐いた杢左と伝八は、殿の気が変わらぬうちに、と兵庫を両脇から抱えるようにして部屋から連れ出した。

甚吉は角兵衛から一部始終を聴かされ、目を真ん丸に見開いた。

「兵庫さまは斬られるのですか……？」

「そうならぬよう、いま、杢左さまが兵庫さまを説得しておられる」

「説得？　でも、兵庫さまは知らぬ、と仰せなのでしょう？　やってもいないことをやったと言って、許しを乞うのですか？　あり得ませんっ」

「そう言うてくれるな」と角兵衛も髪を掻きむしった。

「ワシも杢左さまも兵庫さまが此度の襲撃に関わっておるなどとは思うておらんっ。しかし、外記が見つかるまで、とにかく時を稼ぐしかないのだ」

「でも――」甚吉は泣きそうな顔でささくれ立った畳を見つめた。

「でも、見つからなければ？　見つかったとしても兵庫さまの指示だったと嘘偽りを申されたら？　兵庫さまが死ぬなど――私は嫌でございますっ」

甚吉の膝の上にパタパタと散る水滴を見ながら、角兵衛もぐっと歯を食いしばった。

夜が更けても、幸利は頭に血が上っていた。板倉内膳正からの返信には、饗応の礼と警護を薄くしたために青山家家臣に被害を与えてしまったことへの詫び、命をかけて守ってくれた家臣たちへの礼が認《したた》めてあった。

兵庫を気に入っていた重矩と大坂城代・青山宗俊は斬首の件を知れば嘆き悲しむだろう。

薄くて固くて異臭を纏った布団を蹴り飛ばす。細かい埃が舞い、幸利は咳き込んだ。何もかもが腹立たしい。

「くそっ」

「殿」

そのとき、控えの間にいる伝八が声を発した。本来ならば夜番ではないはずだが、腹具合の悪い近習が多く、朝から働きづめの伝八が夜番も引き受けたのだ。

「なんじゃっ」

「昼から何も召し上がっておられませぬ故、夜食を持って参りました」

「いらぬっ」

「差し入れさせていただきます。ご無礼の段、お許しくださいませ」

年若い割にあまり物事に動じない伝八だが、さすがに怒りのとばっちりがくる予感がしたのだろう。夜食の載った盆を置いて出ていくまで、恐ろしいほどの素早さだった。

「いらぬと申したはずじゃっ」

怒鳴ったときには、伝八はすでに姿を消していた。夜食は握り飯が二つと漬物だった。無駄にするには忍びない。

幸利は仏頂面で握り飯を摑んだ。混ざりもののない、白米だけの握り飯はぜいたく品である。板倉重矩の饗応の残りなのかもしれないが、干魃で不作だった米をもったいないことをする、と思ったとき、あの夏の日を思い出した。干魃で白く変わった田畑を巡見に行った、あの暑い日を。

皆で力を合わせて竜骨車を神崎川に下ろした。村人に混じって、泥だらけになりながら作業をした。

幸利はじっと握り飯を睨んだ。兵庫の声が蘇ってくる。

──『貴賤、殺生、與奪、一なり』。貴賤の差も殺生も、褒美や懲罰も……ありとあらゆることは、上の者が握っている。握っている方にしかできぬことがある。

今まさに、兵庫の命をこの手が握っている。

握り飯はいつもよりもふわりと握られていた。ぎゅうぎゅうに固められた握り飯は鷹狩《たかがり》などのときはよいが、寝間ではこれぐらいのものがよい。偶然かもしれないが、握った者を呼びだして誉めてやろう、と考えつつ、幸利は二つ目に手を伸ばした。

その手がハタと止まる。これはもしや、甚吉が握ったのではないだろうか。尼崎へ来てから背は伸びてはいるようだが、未だ小柄だ。手も小さい。

だが、何故だ──幸利は手を引っ込めた。

殿の口に入るものに下働きの者が触れることなど、まず、あり得ない。修業を積み、味や包丁さばきはもちろん、毒などの知識も身に着ける。一生、下働きで終わる者も少なくない。

伝八が持ってきたということは、料理番の許しを得ている。食べる者への気遣いもできているし、口に入れた途端ホロリと崩れる握り飯は正直、これまで食べた握り飯の中で一番美味かった。

これは助命嘆願なのだ、と幸利は握り飯を見つめた。甚吉と兵庫が、皆の信を得ているからこそ成し得たことであろう。殿の気持ちを動かそうという気概が、この握り飯には詰まっている。

幸利はふうっと大きく息を吐いた。そして、二つ目の握り飯を摑むと、ゆっくり食べ始めた。

## 二十七．消息

坂口立益は尼崎城の馬場で面妖なものを見た。地面にへばりつき、まじまじとボロ(馬糞《ばふん》)を見つめて唸っている男だ。

「兵庫殿。いったい何をやっておられるのですかな」

呆れた声に兵庫は慌てて起き上がった。

「立益先生！　いらしてたんですか」

汚れた着物を身に着けた兵庫は少々、いや、かなり臭いが、満面の笑みだ。

「兵庫殿はすっかり厩番《うまや》として馴染んでおられますなぁ」

「はい、ようやっと馬によそ者扱いをされなくなりました」

斬首を取り消された兵庫は、厩番の下働きを命じられた。刀も取り上げられ、侍長屋からも追い出された。馬場の用具置き場の片隅で薄い布団にくるまって眠るが、苦痛ではなかった。水戸留守居役の供侍をやっていたから、馬には馴染みがある。

なにより、己のせいで甚吉が肩身の狭い思いをしなくてよかった、と安堵していた。

甚吉はこれまで通り、侍長屋に住むことを許されたうえ、殿の握り飯を握る、とい
う大役を仰せつかった。もう一人でも十分、やっていけるだろう。

「先生、城内は変わりはありませんか」

「ございませんな。相変わらず、殿はお怒りだが――」

「甚吉や他の者は」

料理番の甚吉は、臭いがつくかもしれぬからと兵庫のところに顔を出すことを禁じ
られていた。

「甚吉は立派にやっております、心配なされるな。卯三郎も床を上げました。しばら
くおとなしくしておれば、剣を振るにさほど影響はないでしょう」

「そうですか！　それはよかった」

「そうそう、松下見林から手紙を預かってきました」

手紙を渡しかけたが、兵庫の手は泥と糞《くそ》に塗《まみ》れている。立益はやむなく、兵庫の袂
に手紙を押し込んだ。

「ところで、先ほどは何をされておられたのですか」

「ボロのことで少々気になることがございまして。人と同じく、馬もそれぞれ異なります。性格はもちろん、排便も。歩きながらでなければしない馬、決まった場所でしかしない馬、あちこちにしたがる馬――」

兵庫はさっきまで睨んでいたボロを指さした。

「あのボロは紫賀丸《しがまる》のものです。決まった場所でしかしない馬です。ボロはきれいに割れており、量も上々。ただ、いつもその近くに紫気という牝馬のボロもあるはずなのですが、昨日から見当たりません。この辺りをウロウロする姿は見かけるのですが」

馬は胃が小さく、腸が長いため、下痢や便秘をしやすい。そして、それが命取りにもなる。

その紫気が今朝は元気がない。兵庫を見ても嬉しそうに首を振ることも、せっかちに地面を掻くこともない。

「兵庫、油を売るな、手を動かさんか！」

厩番頭の駒次郎《こまじろう》にどやしつけられ、兵庫は元気よく「はい、ただいま！」とボロを熊手でかき寄せた。

厩番からすると人手が増えるのは助かるはずだが、「大坂定番暗殺計画に関わった疑いのある兵庫が、馬に何かしでかすのでは」と警戒されているため、兵庫は日がな一日、ボロ拾いをしている。

「殿の怒りが解けるまでの辛抱ですからな」

そう声をかけたものの、本人が嬉々《きき》としてボロ拾いをしているから、励ましになっているのかわからない。（この分ではいつ殿の怒りが解けることやら）と嘆息しながら、立益は馬場を後にした。


兵庫は物陰で素早く見林からの手紙を開いた。数枚の詰碁の間に一枚半紙が挟まっている。サヤからだった。大坂は師走の慌ただしさはあるが、平穏にやっていることが丁寧な文字で書かれていた。

――なお、杉崎与平次、門脇多聞、川村外記の潜伏先が判明。松の内が明けたのち、次は直接、大坂城を攻める算段。

江戸にも知らせてある旨、書かれていた。『彼の方』のことだから抜け目なく、大坂へ人を入れてくるであろう。

「松の内、か」

兵庫が暖を取りがてら、厩舎外の焚き火でサヤの半紙を燃やしていると、渋い顔で李左がやってきた。

「おぬしと外記のせいで、東西問題が再燃してるぞ」

外記は京の生まれ、兵庫は江戸の生まれだ。

「それは相済まぬ」

口論しつつも行動を共にしていた外記がいなくなって寂しいのかもしれない。李左は毎日、兵庫のところにボヤきにくる。

「李左。こんなに足しげく馬場に通っておっては、今度はおぬしが疑われるのではないか？」

冗談交じりにそう言うと、「馬鹿なことを。おぬしを疑うヤツなんぞ、おらん。殿を裏切るだの、謀反を企むだのの気概がない男だということは、皆が知っておる」

李左衛門は袂に手を入れて空を見上げた。濃い鼠色の雲が広がっている。

「雪になる、かもしれぬなぁ」

兵庫も空を見上げながら、白い息を吐いた。李左も頷く。

「二十五日は京橋ではなく、城代蔵人《くろうど》屋敷であろう？　雪が降らねばよいが」

李左が目を見開いて狼狽えた。

「ひょ、兵庫っ。なぜ、大坂城代とのご面会の日を知っておるのだっ」

兵庫は一笑に付した。

「厩番ならば、誰でも知っている。連れて行く馬をどれにするかで、駒次郎殿がご家老のところへ相談に行った。雪道に慣れている馬はそれほど多くないから、神経質でない馬を選ぶしかないな……」

そのとき、悲鳴があがった。兵庫と李左衛門が見やると、一頭の馬が横倒しになり、左右に転がり回っている。

「な、なんだ？　誰かが尻尾の毛でも抜いたか？」

「あれは……紫気かっ」

兵庫はハッとボロを入れていたカゴを見つめ、「疝痛《せんつう》だ！」と叫んで、馬のほうへ駆けていった。

駒次郎など経験豊富な厩番は仁右衛門のところへ行っていて不在だ。右往左往している若い厩番たちを押しのけ、「油を持ってきてくださいっ」と怒鳴りつけると、兵庫は紫気の体に取りついた。暴れる足を避けながら、腹を存外、強い力で押し始める。

そして、届いた油を腹を押していない手に塗《まぶ》し、馬の肛門《こうもん》を刺激する。

「革袋に水を入れて持ってきてくださいっ」

汗だくの兵庫に怒鳴られて、厩番が二人走っていく。

兵庫が肛門付近で固く溜まっていた糞を指でほじりだし、数名がかりで引き立たせる。馬の肛門に水を流し入れて手で押さえていると、しばらくして、溜まっていた糞がどっと出てきた。

それまで苦しみもがいていた紫気が、ケロッとした様子で馬場に駆け出していった。それを見送り、兵庫は大きく肩で息をつくと、厩番に顔を向けた。

「――素人の処置です。馬医者に見せるよう、頭に言っておいてください」

厩番たちが「いやぁ、兵庫殿、お見事でした！」と目を輝かせた。兵庫は苦笑しながら、糞にまみれた手を振る。

「いや、以前、医者がやっていた処置を見様見真似《みようみまね》でやっただけですから。でも、何とかなってよかったです」

ボロ拾いに戻った兵庫のあとを、杢左がついてくる。

「確かに見事だ。侍より、馬医者のほうが向いているかもしれんぞ」

ひとしきりからかったあとで、杢左は鼻をつまんだ。

「ところで、兵庫。おぬし、さっきボロをかぶったであろう。とりあえず、清めてこい。臭ぁてたまらん！」

兵庫は久しぶりに城下の湯屋へ行くことが許された。久しぶりにサッパリした心持ちで出てきたところで岩之助と鉢合わせした。

舌打ちをして脇をすり抜けようとした岩之助に、声を掛ける。

「おぬしは大坂城番を襲撃した奴らの手先なのか？」

角兵衛にこっそり岩之助の様子を知らせてもらっているが、怪しい様子はない。それでも板倉重矩襲撃の際に抱いた疑念は潰しておきたかった。

岩之助が振り返り、兵庫を睨みつける。

「なんだとっ？」

「奴らの頭らしき男が、私が刀を抜かぬことを知っていた。それは限られた者しか知らぬ。尼崎では、おぬしぐらいだ」

岩之助は虚を突かれたような顔をした。

「頭らしき男――あの逃げる合図をした男か？　あんな男は知らぬ。だが……、鼠のような男には話したことがある」

多聞だ――兵庫は大きく息を吐いた。

「あの男、奴らの仲間だったのか……」

顔をしかめた岩之助が、気を取り直したように言う。

「それにしても厩番とはざまぁねぇな。そのうえ、貴様が刀を抜けぬ腰抜けと知ったら、他の連中はどう思うだろうな」

「言いたければ言えばよい。もう侍ではないから、痛くも痒《かゆ》くもない」

兵庫は仏頂面の岩之助に笑いかけると、城へ戻った。


紫気への処置について、駒次郎から「もし、死んでおったらおぬし一人の責では済まぬのだぞ！」と叱責されたものの、功績として報告をしてくれた。おかげで、物置小屋から厩番たちの長屋へと移ることを許された。

相変わらずボロ集めの日々であるが、駒次郎も他の厩番も気安く声をかけてくれるようになり、紫気も兵庫を見ると大喜びで首を振り、顔を寄せてくる。満更でもないのだが、湯屋に行ったあとでも杢左に「兵庫……おぬし、臭いぞ……」と顔をしかめられる始末。

十二月二十五日に予定されていた大坂城代・青山宗俊と幸利の面会は、大雪のため見送りとなり、兵庫にとっても尼崎城にとっても穏やかな年の暮れであった。

## 二十八．大坂城天守、炎上

年が明けた寛文五（一六六五）年——。

幸利は元旦から多忙であった。年頭の挨拶のため、家臣が次々と訪れるのだ。それが二日の夕刻までひっきりなしに続く。

対面し、献杯。縁起物の巻鰑《まきずるめ》の下賜をされたら、下溜り之間に下がって、残った酒を流し、再びお礼のために対面。これが朝から幾度となく繰り返される。

相手が違うため、飽きることはないが、さすがに二日目が終わると疲労の色が濃くなった。

「お疲れでございましょう」と伝八が料理番につくらせた甘酒を持ってきた。

「この寒いのに甘酒か」と苦笑すれば、「温めさせましてございます。これもなかなかいけますので」とほのかに湯気を立ち昇らせる湯呑みを勧めてきた。

「冷えますので生姜《しょうが》を少々入れたとのことです」

確かに立ち昇る香りは強い。一口すすった幸利は、「うむ」と唸った。疲れた頭と身体に甘さと辛味が染み渡っていく。特に昼からの雨で身体の芯から冷え込んでいたから、じわりと広がる熱は有り難かった。

「うむ、美味い」

幸利が大きく頷いたとき、ゴロゴロゴロと音がした。

「雷か……」

幸利は険しい顔を外に向けた。

思い出すのは五年前の落雷である。大坂城の火薬庫に落雷して大爆発が起きたのだ。火の手は市中に広まり、死者百二十余人を出す大惨事となった。

甘酒を飲み干した幸利が、「雨雲はどんな様子じゃ」と自ら立って大坂方面に目を向けたとき——。

稲光の中で一瞬、大坂城の天守が小さく浮かび上がり、幸利は「あっ」と声をあげた。途端、ガラガラガラという天を割るような音に続いて、ドーンと大きな音がした。

「落ちた!」「落ちたぞ!」「どこだ!」

「天守から確かめて参ります!」と伝八が飛び出し、仁右衛門や近習たちが窓に飛びつく。

「大坂城じゃ！」

幸利の視線を仁右衛門が追うと、大坂城に小さな赤い光が見えた。

「火事じゃ！　急ぎ、大坂城の火消しに参るぞ！」

「はっ」

幸利の咆哮に、全員が脱兎《だつと》のごとく駆け出して行った。

その頃、外記たちは鰻谷《うなぎだに》の茶屋にいた。

大坂城乗っ取り計画まで、見つからぬよう身を隠しているほかない。板倉重矩襲撃失敗以降、怪しげな茶屋で過ごす毎日に多聞も外記も倦《う》んでいたところだった。

真昼のような明るさになったと思った途端、茶屋を震わせるほどの大きな音がした。着流し姿で寝転がっていた多聞と外記は飛び起きた。

「なっ、なんだっ」

「雷か？」

外記が窓障子を開けると、北東にある大坂城の天守にポッと赤いものが灯っていた。

「あれは——火だ……大坂城天守に落雷っ」

「しめたっ」と叫んで、多聞が慌ただしく羽織袴を身に着け始めた。

「外記、これは好機ぞっ。与平次を呼んでくるっ」

「しかし、味方がまだ……」

松の内明けとした決行に向けて武器の支度はほぼ整っているが、西国のあちこちに散っている味方のほとんどは、まだ大坂入りしていない。

「計画の前倒しだっ。火事の混乱に乗ずれば、楽に大坂城を落とせるぞっ」

大坂城を落とせる——城を取れば、幕府と戦える。幕府を倒せば、祖父の『切刃貞宗』は目の前だ。外記は胴震いをした。

兵庫が落雷の音を聞いたのは、厩舎で新しい飼葉を入れているときだった。他の厩番たちと厩舎内外に異常がないことを確認すると、怯えて興奮する馬を宥めにかかる。

そこへ甚吉が駆けてきた。

「殿よりの御命令、馬具を着け、馬を牽き出すようにとのことです！」

「甚吉。何があったっ」

「兵庫さまっ」

久しぶりに兵庫の顔を見て笑顔になった甚吉だったが、すぐに顔を引き締めた。

「大坂城天守に落雷、火が出ているそうです！」

大坂城と聞いて、兵庫はにわかに緊張した。これは与平次や多聞にとって好機なのではないか？　被害がどの程度か定かではないが、城内・城下は多少なりとも混乱するはずだ。よそ者が城に紛れ込んでも気づかれにくい。手薄になった尼崎城を狙ってくるかもしれない。

「甚吉、杢左に尼崎の守りも固めておくよう伝えろっ。隙をついてくる者どもがいるやもしれぬ」

甚吉が取って返すと、次々と馬が牽き出され、馬具が着けられていった。

「用意はできたかっ」

待ちかねたように馬場に突進してきたのは騎馬隊の隊士たちだ。その先頭にいるのは――。

「殿っ、危のうございますっ、殿はどうぞ、城で指揮をお執《と》りくださいませっ」

小姓が必死で追いすがるが、火消し装束に身を包んだ幸利は聞く耳を持たずに紫賀丸に跨った。

「者ども、参るぞっ」

幸利を先頭に、騎馬隊が駆け出していく。

兵庫は身を翻して厩舎に駆け込んだ。

高齢や病気の馬だけが残されており、その中で牝馬・紫気が興奮しきった様子で地面を激しく掻いている。

「紫気っ、殿を追うぞっ」

兵庫は羽織も着ぬまま、鞍もつけぬまま、紫気に跨った。

大坂城の危機となれば、幸利が駆けつけることは与平次たちも予想するだろう。

もし、己が与平次たちの立場であるならば——大坂城よりも先に、火消しに来た幸利を討つ。大坂城の守りの要、尼崎城は幸利なくして戦えない。大きな打撃だ。

恐らく、幸利は板倉重矩のいる京橋口から入るだろう。先行した幸利に早く追いつかねば、と城を飛び出そうとしたところで、「止まれっ、止まれぇいっ」と人が立ちはだかった。

慌てて綱を引く。後ろ足で立ち上がった紫気は高く嘶《いなな》き、不満そうにブルルッと鼻を鳴らした。

立ちはだかったのは大原岩之助だった。

「岩之助っ、邪魔立てするなっ。殿の身が危ないっ、行かせてくれっ」

「行かせられるか、その恰好でっ」

怒鳴り返した岩之助は羽織を投げつけてきた。次いで、岩之助が差しだしたのは兵庫の刀だった。

「これは……」

「卯三郎が何度も言うのだ、兵庫に申し訳ないことをした、とな」

思いがけないことを聞いて、兵庫は戸惑った。

「どういう、ことだ？」

「卯三郎の奴、長い刀を帯びて行っただろう。まさか襲撃されるなんぞ思ってもいなかったからな。板倉さまの家臣に見栄《みえ》を張ったんだ。あの使い慣れぬ長い刀のままでは、抜く前に斬られていただろう。だから、刀を交換したおぬしも、卯三郎の長い刀を抜かなかった。それ故、兵庫が疑われたのは己のせいだ、と悔やんでおるのよ」

岩之助が「取れ」と刀を突き出したから、兵庫は困惑したまま受け取った。

「卯三郎は知らんのだ、貴様が刀を抜かぬ腰抜けだとはな！」

「そのこと、卯三郎に言わなかったのか」

「貴様と刀を換えたから、卯三郎はそこそこ活躍できたし、貴様の止血のおかげで一命を取り留めた。言う必要もなかろう」

び出した。

「岩之助……」

「殿の身に何かあったら、迷わず抜けよ」

「……抜かぬ。抜かぬように立ち回る」

けっ、と顔をしかめた岩之助は道を空けた。

「無事を祈る。こちらの守りは引き受けた」

羽織を着け、刀を帯びた兵庫は顎を引いて頷くと、紫気は兵庫の合図を待たずに飛

幸利は大坂城の京橋口で人波に揉まれていた。杢左と伝八は、幸利の左右を固めるのがやっとだ。

落雷し、五層の天守が炎上した城内は混乱していた。五年前の落雷で火薬庫が爆発した衝撃と、そのせいで町に火が燃え広がり多数の死者を出したことは記憶に新しい。

そこにドォンと大きな音がした。バラバラと頭上に瓦の破片が落ちてくる。

振り返れば、天守から火柱が上がっていた。

「爆発したぞぉっ」という声に、人々は一層恐慌を来した。悲鳴をあげながら我先に

各門に詰めかけ、火消しのために駆け付けた者たちと押し合いへし合いになった。

それでなくても城というものは大軍に攻め入られぬよう、狭い門と細かく道が折れるつくりになっている。火消しどころか、中の様子もわからぬ状態に、幸利は焦った。

「くそっ、いったい、どうなっておるのだ！」

こうしている間に、天守が焼け落ちてしまう。幸利が歯噛みしたとき、大きな声が聞こえてきた。

「者ども、落ち着け！　倉の焔硝《えんしょう》はすべて堀の中に投げ込み申した！　爆発はせぬ！」

大坂西町奉行・彦坂壱岐守重治《ひこさかいきのかみしげはる》と、東町奉行・石丸石見守定次《いしまるいわみのかみさだつぐ》の声だ。どよめきが起きる。両奉行は声を嗄《か》らしながら、同じ文言を繰り返し触れ回っている。

幸利が伝八に怒鳴った。

「いまの言葉、おぬしも広めて参れ！」

伝八はすぐさま人混みをかき分けていく。

城内の女たちが火消しを入れるために脇へ寄っていくのが見えた。幸利の周りも少しずつ城内へと動き出す。

中へ入ったら、大坂城代の青山因幡守とその家族の無事を確かめて――と算段する幸利を呼ぶ声がした。

「大膳亮さま、大膳亮さまでいらっしゃいますかっ」

一人の侍が必死の形相で幸利に近づいてくる。着物は煤と土で汚れ、頬被《ほおかぶ》りした手拭いで口元を押さえている。李左が慌てて間に入ろうとした。

「よい。板倉家中の者だ」

男は、煤で汚れた板倉の紋がついた幟《のぼり》を握りしめていた。

「内膳正はご無事であるかっ」

「それが……困ったことになっておりまして、急ぎ、お手をお借りできませんでしょうかっ」

「相分かった。李左、行くぞっ」

幸利は案内の侍について、京橋口から離れた。

凍《い》てつく真っ暗闇の中、戸ノ内兵庫は星明かりだけを頼りに前へ前へと紫気を押していた。白い湯気が兵庫と馬から立ち上る。寒さは微塵《みじん》も感じなかった。

神崎の渡しを越えた辺りから漂っていたきな臭さが、大坂城へ近づくに従って強くなり、鼻をつく。

前方に赤い炎を認めると同時に、兵庫は走ってくる町人たちの流れとぶつかった。

「火事や、火事！」「逃げろ！」「また爆発するぞっ」「風上や、風上へ行けっ」

呟き込みながらの怒号が飛び交う中を、紫気はわずかに脚を緩めつつ、器用に抜けて行く。

そのとき、ドォンと音がした。思わず手綱を引くと、闇夜に火柱が上がるのが見えた。

「御天守が……！」

風の向きが変わり、五重五階の天守がゴオゴオと燃え上がる音が聞こえてきた。かすかな熱が顔に当たる。悲鳴とともに、人々がドッとこちらに向かってきた。

これでは城内へ入ることはおろか、先へ進むことすらできない。

兵庫はぎゅっと唇を噛みしめた。辺りは定番や城下の火消しが入り乱れ、煙のため、どこの幟か判然としない。

——御天守に近い口からならば、入れるやもしれぬ。

兵庫は紫気の鼻づらを回し、天守北側の青屋《あおや》門に向かった。

## 二十九. 大願成就

天守の北側、青屋門は焔硝の件が伝わっていたのか、やや落ち着きを取り戻していた。

「こちらでございます」と足早に先を行く侍が極楽橋《ごくらくばし》を通り、内堀を越えると、山里《やまざと》丸《まる》に到《いた》った。山里加番《かばん》の住まう小屋が見える位置で、幸利は足を止めた。

目の前の天守は赤く燃え、上部はすでに原型をとどめていない。

「天守が……なんということだ……」

焼失を止めるのはもはや、無理である。幸利はぐっと拳を握りしめ、無念の表情でゆるゆると首を振った。

「こちらでございます、お急ぎください」と声をかけてきた侍に向かって、幸利は鷹揚に言った。

「ここまで連れてきて、何用じゃ？　川村外記。まさか、燃ゆる天守を見せるためではなかろう？」

「えっ」と杢左が声をあげ、まじまじと侍を見つめる。外した手拭いで、外記が顔の煤汚れをゆっくりと擦《こす》った。

「あんなことをしでかしておいて、ようもワシの前に顔を出せたな」

「私と気づいていながら、ついてこられたのですか」

「生憎と家臣だった者の声ぐらい頭に入っておる。見ての通り、ワシは忙しい。言いたいことがあるなら、さっさと申せ！」

外記は抜刀すると、静かに言った。

「死んでいただきます」

「外記っ、貴様っ」

杢左も抜刀し、外記に向かっていこうとした。だが――。

「動くなっ。動くと殺すっ」

怒鳴りながら、加番小屋の前の木の陰から出てきたのは、鼠に似た男だった。

「門脇多聞……！　貴様か、外記を引き込んだのはっ。殿とワシ相手におぬしらが勝てると思っておるのか」

「勝てるとも」

多聞が薄く笑って、手を軽く上げた。杢左は咄嗟に後ろに飛びのいた。びゅっという音とともに矢が杢左が立っていた場所に突き刺さった。

「さて、青山大膳亮さま。この場で腹を斬っていただきましょうか。なに、外記の腕前は確かですから、介錯《かいしゃく》も見事にして差し上げましょう」

「断る。腹を斬る理由がない」

「大坂城を守れないと悟った、ということでいかがですか。ちょうど天守が見える位置だ。焼け落ちる天守に失望して、というのならば家名に瑕《きず》はつきますまい。そうそう、それにこの辺りは、豊臣秀頼公と淀殿が自刃された山里曲輪《くるわ》ですな。無念の死を遂げるのにはちょうどよいのでは？」

「断る」

「――ならば、斬らせていただきます」

外記が刀を上段に振りかぶり、幸利を見つめて呼吸を整える。

「外記っ、やめろっ」

杢左の足元をまたも矢が掠った。殿の命だけはなんとしても助けねばならない。そう思うのに、身動きが取れない。

「くそ……っ」

李左は地面から抜いた矢を怒りに任せてへし折った。それに対して、幸利は落ち着いていた。時間稼ぎではなく、疑問を素直に口にする。

「それにしても、おぬしが幕府転覆を目論《もくろ》む者たちと行動を共にするわけがわからぬ。政に興味があるようには思えぬからな。弱みでも握られているのか、義理立てか」

「そんなものではありません。それが私の大願に繋がるからです。讃岐・松平家の脇差さえ手に入れれば、政も幕府もどうでもよいのです」

「脇差……？」李左が目を丸くした。

「待て、たかが脇差のために殿を裏切ったのかっ。殿のお命を奪おうというのかっ」

「その通りだ」

「なるほどな……。『切刃《つまおと》貞宗』か。土井大炊頭が家康さまに献上した脇差だな」

そのとき、馬の蹄音が間近に聞こえた。振り返った外記は息を呑んだ。兵庫が乗った馬がまっすぐに突っ込んでこようとしている。

外記は味方がいる木の上を見た。兵庫が咄嗟に紫気の頭を巡らせ、そちらに突進していく。面食らった覆面が慌てて矢をつがえようとしたところへ、紫気の身体を踏み台に兵庫が枝に飛びつき、男に突き当たる。不意を食らった男はよけ切れず、兵庫ともども、木から落ちた。

「ぐあっ」

受け身を取った兵庫と違い、覆面男は肩から落ちて気を失った。興奮している紫気はそのまま、天守へと駆けて行った。

兵庫が荒い息で、上段に構え続けている外記に近づきかけた。

「兵庫っ、来るな。来たら殿を斬るっ」

幸利は抜刀していなかった。兵庫と杢左、どちらが幸利の前に飛び込んでも外記の刀のほうが速い。

「外記。諦めろ。此度の計画は失敗だ。火は天守だけで延焼しない。これしきの騒ぎでは大坂城を乗っ取ることなど不可能だ。それに、殿に刃を向けるなど、おまえらしくもない」

外記が兵庫を睨む。

「いまの俺は誰の家臣でもない！　大願を成すためならば主家も侍という立場も捨てようぞ。祖父の刀を必ずやこの手に」

外記の声は、幸利の哄笑《こうしょう》に遮られた。

「な、なにがおかしいっ」

「先ほどから聞いておれば――脇差が大願とは笑止千万！　あんなものにそんな価値があるものか！」

「なんだと！」

「では、聞くが。あれの価値はなんだ？」

「豊臣秀頼公から拝領した脇差だ！」

「確かに銘が入っておったし、秀頼公が所有しておったものだな。大坂城落城直前、秀頼公側近の渡辺紀《わたなべただす》が切腹の折、介錯をしたのが、紀の家来だった川村外記。それがおまえの祖父か」

「その通り――」

外記は声を詰まらせた。譜代大名の幸利の記憶にまで、祖父の名が刻まれていた。祖父が知ったらどれほど喜ぶことか。

喜びに打ち震える外記に、幸利は優しい眼差《まなざ》しを向けた。だが、その眼はすぐに冷ややかなものに変わった。

「豊臣方におったおまえの祖父、川村外記は夏の陣後、徳川の重臣・土井大炊頭に仕えた」

「それがなんだ――」

「川村外記は、道明寺《どうみょうじ》の合戦で侍大将の名乗りを果たした、つまりは西軍の将。土井大炊頭ほどの御立場ならば、なぜ、川村外記を生かして家臣にした？　首を刎ねてしかるべき。川村外記の仕官を許した理由はひとつ！　秀頼公所縁の脇差を土産に持ち込んできたからじゃ！」

外記が息を呑んだ。

「『切刃貞宗』は主替えの土産にされた。それでも貴様にとって大事なものだと申すか？　おまえの祖父が主を売った、なによりの証ではないかっ」

外記の顔は真っ白になり、刀を握った手がブルブルと震え始める。

「祖父を……辱《はずかし》めるなぁっ」

外記が振り下ろした刀を受け止めたのは、幸利が注意を引いている隙に間合いをそっと詰めていた兵庫だった。兵庫の背中で押され、危うく後ろの坂に転がり落ちそうになった幸利を、杢左が慌てて引き戻し、外記から距離を置く。

兵庫は抜いた刀で外記の刀を弾いた。外記は素早く体勢を立て直し、腰を落とした。水平に抜こうとするのを下から弾き上げると、兵庫は峰打ちで外記の利き腕を狙った。

「ぐっ」

刀を取り落とし、地面にうずくまった外記に、兵庫が息を整えながら近づいていく。外記の丸めた背中は震えていた。

「殿、こちらに早く……っ」

火消しのため、天守のほうが人がいる。杢左が幸利を抱えるように歩き始めた。

呼びかけた途端、外記が素早く立ち上がった。手には先ほど杢左がへし折った矢が握られている。

「逃がさぬっ」

外記が打根《うちね》の要領で腕を思い切り引いた。矢尻は幸利の首を狙っている。

「外記っ、ならぬっ」

兵庫は外記の身体を袈裟懸《けさが》けに切りつけた。

外記の首筋から血が噴き出し、兵庫の顔にかかる。熱い。記憶が蘇る。振りかかる血は、己をかばって賊に立ち塞がった祖父母の血と同じように熱かった。違うのは、己が斬ったということ――。

「外記！」

兵庫は崩れ落ちかける外記の身体を受け止め、血が噴き出す首筋を、羽織の袂で必死に抑えた。血は止まることなくどんどんと布が濡れていく。

「外記！　駄目だ、死ぬな！　祖父殿が恥も外聞も捨てて、これまで繋いできた命であろうが！」

大声で呼びかけると、外記はうっすら目を開けた。口がかすかに動く。

「なんだっ」

耳を寄せると、「いつか……」と小さな声がした。

「いつか、なんだっ」

呼びかけたが、外記は血に汚れた唇の端を震えながらもきゅっと上げて、微笑みかけた。

「外記……」

抱きしめたその身体が不意に重たくなる。すでにその身体からは生を感じることができなかった。

その様子を黙って見つめていた幸利だったが、大きく息を吐くと、隣で唇を嚙み締めている杢左に声をかけた。

「行くぞ。城代のご無事を確かめねば」

歩き出したその前に、多聞が立ち塞がった。

「死ねぇっ」

隙だらけの構えで突っ込んできた多聞を杢左が軽くいなし、奪い取った刀を坂の下へ放り投げた。多聞は地面に無様に転がった。

「兵庫、早《は》ようせいっ」

外記の身体をそっと横たえ、立ち上がった兵庫は「あっ」と声を上げた。多聞が懐から取り出したのは、火打石と黒い球——焙烙《ほうろく》玉だった。

「逃がさぬぞ。青山幸利だけでも消しておかねばならぬ」

「ほ、焙烙玉……！」

杢左は慌てて幸利を背後に回し、後ずさった。兵庫が多聞に追いすがる。だが、間に合わない。

「食らえっ」

多聞が焙烙玉を投げようとしたそのとき、幸利のそばを風が吹いた。

「紫気……っ」

天守のほうから駆け下りてきた紫気は、多聞を頭で突き上げた。その身体は坂の下へと落ちていく。

「殿っ」

兵庫と杢左が幸利に覆いかぶさる。ドドンッという音に続いて、石や砂利がバラバラと飛んできた。

それが収まるのを待ち、坂の下を覗き込むと、抉れた地面と砕けた岩、折れた木々の間からわずかに火が見えた。

幸利がすぐさま立ち上がって怒鳴る。

「これはいかん！　火消しじゃっ、火消しをせぬかっ」

「水を持って参りますっ」

血まみれの兵庫が紫気の手綱をつかんだとき、全身煤だらけの伝八が「殿っ。ご無事ですかっ」と駆けてきた。数人の火消しを伴っている。

「水を持てっ、急ぎ火を消せっ」

幸利は命を狙われたことなどなかったかのように、キビキビと指示を出し始めた。

## 三十．恐悦至極

大坂城の天守は焼失してしまったものの、大坂城代とその家族には怪我もなく、大火は広がることなく消し止められた。天守に収められていた宝物も、無事に運び出すことができたらしい。

青山家の家臣の中には火傷《やけど》や怪我をした者もいたが、さほど被害は出なかった。尼崎へ戻ると、幸利は疲れも見せず、家臣たちから話を聞いた。

最後に呼ばれたのが兵庫と杢左だった。

「兵庫。紫気を勝手に牽き出し、大坂まで乗ったこと、許しがたい。また、厩番にもかかわらず、火消しに関わるなど、勝手な行いが目に余る」

家臣たちは静まり返った。せっかく助命となったのに、これではまた処断されることになるのか、と目で見かわす面々の前で、幸利はパチリと扇子を閉じた。

「だが、杢左とともに命を賭してワシを守ったこと、大儀であった。褒美を遣わそう。なんでも申してみよ」

「では、お布団を所望いたします」

「おぬしは褒美と言えば布団ばかりだな。まあ、よい。仁右衛門、布団屋を呼んでやれ」

「承知いたしました」

仁右衛門は渋々頷いたが、「ほどほどのものにせよ」と兵庫に釘を刺す。板倉重矩の饗応、正月の支度、大坂城天守炎上とここのところ、蔵から金がどんどん出ていく。

「ほどほどでは困りまする。ふかふかの良きお布団をお願いいたします。殿に使っていただきますので」

「洗い替えの寝具など、要らぬと申したであろう。金の無駄じゃ」

兵庫はすうっと息を吸った。

「恐れながら、申し上げます」

幸利はニヤリと笑った。いつしか、兵庫の「恐れながら」が楽しみになってきている。

「おう、申せ申せ」

「殿のお布団は敷きも掛けも――真っっっっ黒でございます！」

力強く言い切ると、書院が静まり返った。顔をしかめる幸利に兵庫がまくしたてる。

「替えがないから、洗うこともできず、綿を打ち直すこともできませぬ。殿は眠るということに対するお考えが甘《あも》うございます。汗や汚れがしみこんだ布団は、肌に大層悪うございます。埃や目に見えぬほど小さな虫が体内に入り込み、肺を悪くします。

痒《かゆ》みや湿疹《しっしん》ができやすくなり、心平らに過ごすことができませぬ。煎餅のごとく固く重い布団のせいで、眠りが浅く、昼間に眠気が襲ってくるため、頭も動きにくくなります。殿は臭いに慣れていると仰せかもしれませぬが、寝ている間に無意識に口で呼吸しておられるはずです。呼吸が浅くなり、血のめぐりも悪くなります。悪い夢も頻繁ではないですか」

「……む」

「近習の方々に至っては、臭いを我慢していることで怒りが募って参ります」

「フン、謀反でも起こすか」

鼻で笑った幸利に首を振り、兵庫は居並ぶ近習に目を向けた。

「怒りが募ると、目にきます。涙が止まらぬ方や、字が見えづらくなっている方がおられるのでは？」

兵庫の言葉に、心当たりのある幾人かが「あっ」と小さな声をあげた。

「まことか……」

幸利は眉間に皺を寄せ、腕を組んだ。

「相わかった。では、洗い替えの布団を作ることにしよう」

「恐れながら申し上げます」

さすがに連発されては幸利の顔も険しくなる。

「なんじゃっ」

「褒美として殿の洗い替えのお布団を作るのではございません。私が頂戴したお布団を、お貸しするだけでございます」

「ならば」

いらぬ、という言葉を兵庫は遮った。

「私が貸したお布団を使っていただくまでが、褒美でございます」

兵庫は何も難しいことを言っているわけではないし、意地を張って断るのも大人げない。

「有り難く使ってやる」

幸利が言った途端、夜番を務める近習たちが全員笑顔になったため、少々ムッとしたが、それほどの苦労をかけていたということか、と自省の想いも湧く。

「兵庫。明日から相伴衆に戻れ」

仁右衛門はこっそりため息をついた。また兵庫に振り回される日々が始まるのだと思うと気が重い。

だが、兵庫は「お断りいたします」と頭を下げた。

「紫気に大層無理をさせてしまいました。当面、付ききりで世話をさせていただきます」

「……相分かった。勝手にせよ。気が向いたときに戻れ」

兵庫は深々と頭を下げた。

## 三十一・江戸帰参

季節は廻り、春になった。

兵庫は外乗りで汗をかいた紫気の身体を丁寧に拭いてやっていた。幸利から「相伴衆に戻ってこい」としばしば、声をかけられるものの、気は向かないまま、なにより馬の世話が楽しかったため、兵庫は厩番でい続けていた。

だが、そんな日々も間もなく終わる。四月に江戸へ戻る参勤の行列に加えてもらうことになっていた。

「紫気。世話になったな。元気でな」

わかっているのか、紫気は兵庫に鼻を擦り付けてくる。

「馬に挨拶をして、私にはなしですか。余りな仕打ちではありませんか」

兵庫が振り返ると、餅の如き男が立っていた。

「見林殿っ。お久しぶりですね。どうされました？」

「どうしたもこうしたも。また鹿茸が手に入ったので、大膳亮さまに江戸への手土産にしていただこうと思ったのですが、使いの者が厩舎に入り浸っていると聞いて、こうして足を運ぶはめになったのですよっ」

「それはそれは。申し訳ありません」

「相変わらず、ちっとも申し訳なさそうではないですねぇ。その馬が噂の紫気、ですか。やあ、確かに賢そうですね」

見知らぬ者に警戒の色を見せていた紫気だったが、見林の誉め言葉がわかったのか、のんびりと足元の草を食《は》み始めた。

「ところで――サヤ殿はこちらではありませんか」

「えっ。板倉さまのところにおられぬのですか」

「間もなく二十五になりますので、と奥女中を辞したそうです」

殿や奥方のお気に入りだったとしても、板倉家では二十五になった女子は致仕する決まりである。

「辞した、ということは嫁に……」

兵庫は胃がきゅっと縮む思いがした。

「ところがですね、板倉さまも奥方も嫁ぎ先を紹介しておられないのですよ。そんなことがあれば、事前に私の耳に入って参りますしね。だから、てっきり兵庫殿のところだと思っていたのですが」

「残念ながら……」

「サヤ殿のことでなにかわかりましたら、お知らせください。まあ、そうでなくとも文をいただくことはやぶさかではありませんが」

そう言って、見林は自分の宛所を書いた紙を兵庫の手にねじ込み、去っていった。見林らしい、別れの告げ方だった。

実は兵庫も内膳正襲撃以降、サヤに会っていなかった。会いたい気持ちはもちろんあるが、「刀を抜かない、人を斬らない侍として生きていく」という誓いを破ったという引け目があった。

自ら辞したのならば心配はいらぬのかもしれないが、江戸に戻ったら『彼の方』にサヤを探してもらうよう頼み込もう、と決めた。

甚吉は尼崎に残ることになった。御相伴衆で漢方医の坂口立益が「見どころがあるから引き受けたい」と申し出たためだ。料理番も放したがらず、協議した結果、料理の修業をしながら、月に二度、京に医術を学びにいくということになった。

「兵庫さまは私を手放しても平気なのですね」

春の芽吹きとともに、甚吉の背はぐんと伸び、たくましくなった。だが、そうやって拗《す》ねる顔はまだまだ幼い。

「寂しさよりも楽しみのほうが勝つからな。甚吉がこれからどのようなことを成すのか、楽しみでならない」

徒士衆の角兵衛や厩番頭の駒次郎など、甚吉を気にかけてくれる者は多い。

「その日が早く来るよう、励みます」

幸利とともに江戸へ下る杢左が「寂しくて泣いたりしたら、すぐに江戸に知れるからな」とからかうと、甚吉は不遜に笑った。

「そうですね、杢左さんの悪行もすぐにこちらに知れますからお気をつけください」

どうやら、浄晃寺の練宗や徹心と時折、文のやりとりをしているらしい。

「道中、お気をつけて」

甚吉は兵庫と杢左に深々と頭を下げた。

いよいよ、明朝に出立という夕刻、兵庫は厩番長屋を引き払い、支給されていた通用札を返しにいった。

「いろいろとすまなかったな」

下城の時刻をとっくに過ぎているにもかかわらず、意外な人物が兵庫を待っていた。

「ご家老……」

「もう家老ではない」

反逆者の外記を雇い入れた責を取り、佐藤仁右衛門は年寄に格下げとなった。本人は致仕を申し出たが、幸利が引き留めたのだ。

大坂定番・板倉重矩などは「処分が軽いのではないか」と渋い顔をしたが、大坂城代・青山宗俊は「有能さを考慮した処分である」と評価したという。

「実はおぬしのことを他家の密偵と思っておった」

あながち間違いではない。

「そもそも初めから気に入らなかったのだ。殿に向かって無礼千万だし、侍の常識が通用せぬし。うむ、おぬしが悪い」

潔い謝罪だったはずが、徐々に雲行きが怪しくなってきた。

「だが――それがよいのかもしれぬな。侍の矜持やら常識にこだわるよりも、あらゆる角度で物事を眺めるおぬしのような生き方のほうが、これからの世には合《お》うておるのかもしれぬ」

「侍の矜持にこだわられたから、殿があの夜、尼崎に残ったことにされたのですか？」

兵庫の言葉に、仁右衛門は「江戸で広めてくれるなよ」と渋い顔をした。

青山家家臣が大坂城乗っ取りの一味だったなど、明らかになっては大事である。一報を聞いた仁右衛門の動きは速かった。

大坂城代と大坂定番に使いをやり、「殿は尼崎城で指揮を執っていた」ということにしたのだ。つまり、大坂城に行ったのは火消しの翌日、正月三日の火事見舞いということになった。

前日の二日に尼崎勢が火消しに来たことは城内、城下には知られていたが、殿さまが先陣を切っているとは誰も思わず、火消し装束で顔が隠れていたことも相まって、その嘘で押し通せた。

「それに、殿が大坂城内で襲撃されました、なんぞ報告できるわけがあるまい」

「殿を危険にさらしてしまうような守りの軽い家臣団に、大事な大坂の守りを任せられない」と非難されて、転封《てんぽう》になっては困るのだ。

「見苦しいと笑わば笑え」

自虐的に言った仁右衛門に、兵庫は首を振った。

「そのおかげで、川村外記の汚名も明らかにならずに済んだのです。ありがとうございます」

幸利はあのとき、大坂城にはいなかった。従って、外記は誰も襲っていない——爆死した門脇多聞についても、うやむやにされた。

幸利の参勤行列は相変わらずの強行軍で、二週間とかからず江戸へ着いた。

「久方ぶりの江戸だ」と岩之助と卯三郎は感に堪えないように呟いたが、浮かれた様子はない。彼らも変わったのだ。稽古のあとの酒を楽しみに、頻繁に出稽古をしていた成果が上がり、岩之助は杢左の補佐に、卯三郎は近習に取り立てられていた。

江戸は、大坂や尼崎と違い、殺伐としていた。侍が多い。昨年の干魃もあり、牢人も物乞いも多い。商人たちの声にもやや不安が混じっているように思える。

江戸のこの有様を見れば、また多聞や与平次たちのように幕府に反旗を翻す者も出てくるな、と兵庫はため息をついた。

多聞たちを率いていた与平次は、あの落雷の日以降、杳《よう》として消息が知れない。板倉重矩が潜伏先を押さえる直前、集めた武器とともに姿を消していたのだ。

また大坂城を狙うか、次は違う手を選ぶか——真に泰平の世まではまだ遠い。


青山家下屋敷で荷ほどきを手伝っていた兵庫は、またもや茶室へ呼ばれた。

幸利は早々に江戸城へ挨拶に上がっている。てっきり、呼び出したのは嗣子・幸実かと思いきや、茶室で待っていたのは幸実のご母堂——つまり、幸利の奥方・琴と、江戸留守居役の朝比奈藤兵衛だった。

「戸ノ内兵庫。ようやった！　ようやってくれた！」

藤兵衛が気持ちを高ぶらせて言えば、琴も「ほんにようやってくれましたね」と目を細めている。

「お言葉ですが、私はなにも……」

「夜具です！」

おとなしそうな琴の大声に兵庫が面食らうと、琴は恥ずかしそうにホホホと袂で口元を隠した。

「洗い替えの夜具のことでしょうか」

「うむ。まさか新しい夜具で帰府されるとは思いもよらなんだ。ようやってくれた」

確かに目につく大きな変化かもしれぬ。家臣の話に耳を傾けるようになり、無暗《むやみ》に怒鳴りつけなくなったことは、追い追い知れるだろう。

「兵庫。向後もよろしく頼みますよ」

琴、藤兵衛に頭を下げられ、兵庫は慌てた。

「申し訳ございませぬ。殿とのお約束で、私の御雇は江戸へ戻るまでとなっておりまする」

あからさまに残念そうな顔をする二人を置いて、兵庫は茶室から下がった。

帰府したばかりの幸利は多忙だったせいか、暇《いとま》を告げた折もあっさりしたものだった。色を付けた礼金を土産に、兵庫は浄晃寺へと戻った。

一年近く離れていたが、寺はほとんど変わっていなかった。相変わらずのボロ寺である。

「京の女は具合がいいらしいじゃねぇか」と徹心は相変わらずだ。いきなり何を言い出すのかと思いきや、なんと、兵庫よりも先に杢左が寺に寄っていた。

「遅いぞっ、兵庫っ」

「杢左……岩之助が徒士頭が見当たらぬと泡を食っておったぞ」

「挨拶回りだ、文句はあるまい」

杢左はすでにできあがっていた。徹心も、杢左が持ち込んだ京や摂津《せっつ》の酒を並べ、ご満悦だ。

酒の相手を断り、兵庫は本堂へ上がった。

初夏を迎え、外は汗ばむほどだが、本堂はひんやりしている。焚き染められた香を胸いっぱい吸い込み、兵庫は数珠を取り出した。

「帰命無量寿如来《きみょうむりょうじゅにょらい》　南無不可思議光《なむふかしぎこう》　法蔵菩薩因位時《ほうぞうぼさついんにじ》　在世自在王仏所《ざいせじざいおうぶつしょ》――」

外記と多聞を想い、経を読む。

「南無阿弥陀仏《なむあみだぶつ》　南無阿弥陀仏……」と締め、ゆっくり目を開くと、練宗和尚がつくねんと座っていた。

「ご挨拶が遅れました。戻りましてございます」

うむ、と頷いた練宗は「大変だったのだな」と呟いた。兵庫は息を深く吐き切って、練宗に深く頭を下げた。

「人を――殺《あや》めてしまいました。申し訳ございません」

練宗が目を細めた。

「誰に向けての謝罪かのう。己に課したことを破ってしまったと言うならば、おぬしが己を許すのみ。手をかけたことについて言うならば、殺めた者はすでに彼岸。己が行いを一生、抱えてゆくべきであろう」

その通りだ——兵庫は、膝に置いた拳をぐっと握った。

「実は、斬った相手が今わの際に言ったのです。いつか、と。微笑みながら」

あれから何度も外記の言葉を振り返る。「いつか、また相まみえよう」なのか、「いつか、俺の代わりに『切刃貞宗』を手にしてくれ」なのか、「いつか、俺の想い出話をしてくれ」なのか——当たり前だが、正誤を確かめる術《すべ》はない。

正直に打ち明けると、練宗は微笑んだ。

「よい置き土産をもらったの、兵庫。死んでなお、頻々《ひんぴん》とおぬしと言葉を交わしておる。そうやっている間は、その者は死なん。おぬしが覚えている限り、今世で共に生き続けるのよ——まあ、しばし、寺でのんびり過ごすといい」

兵庫は深々と頭を下げた。

だが、のんびりするわけにもいかなかった。幸利からの呼び出しがあったのだ。

# 三十二　満開の藤

「ついて参れ」

　会うなり、幸利はぶっきらぼうに言い、行く先も告げずに上屋敷を出た。いつも以上に機嫌が悪い。地味な木綿桟留《さんとめ》の着物が幸利の表情をさらに厳しく見せている。

　幸利は兵庫だけを供に、馬にも駕籠にも乗らず江戸の町を歩き始めた。

「ずいぶんと不用心でございますね」

「こんな地味な恰好で、供も一人しか連れぬ者が大名とは誰も思うまい」

　幸利は商家の店先などを冷やかしながら、のんびりと歩く。

「おぬしが馬場から出て来なんだから、面白き話も聞きたき話もできずじまいだったではないか」

　嫌味を聞き流した兵庫だったが、刀鍛冶屋の前でふと足を止めた。店を覗くと、技を見せつけることで客の目を引こうと、鍛冶が鋼を打っていた。

「私もお聞きしたきことがござります」

「なんだ」

「何故、あのことを外記に指摘されなかったのですか」

「あのこととは？」

兵庫は鍛冶の手元を見つめたまま、「脇差『切刃貞宗』の茎《なかご》に、鎺《はばき》が溶けて付着していたこと、でございます」と静かに告げた。

「鎺が溶けたということは、大坂城が焼け落ちたときに『貞宗』はまだ城内にあったということ。それを外記の祖父が持っていた」

鍛冶が打つ手元から火花が散る。

「秀頼公に命じられて城を捨てた家臣は少なからずいたようですから、生き残ったことは恥ではない。外記の祖父は生き残った。ならば、賜ったはずの刀が焼けているのはおかしい。そんな大事なもの、置いて出るわけがないですからね。つまり、あの刀は外記の祖父が賜ったものではなかった。城近くで身を隠していた外記の祖父は、火が収まると城内に入り、『切刃貞宗』を持ち出したのでしょう」

鍛冶が赤く光る鋼に水をかけた。ジュッという音とともに鋼の色が黒く変わる。

「明智光秀《あけちみつひで》さまから細川忠興《ほそかわただおき》さまへ、忠興さまから太閤さま、そして秀頼公へと伝わった名刀。その価値がわかっていたからこそ、祖父・川村外記は徳川方に命乞いの土産とするために危険を冒してでも取りに戻ったわけです――夜盗のように――およそ、侍らしからぬ行いです……」

実物を見ていない外記はそのことを知らず、祖父もそれは伝えなかったのだ。

行くぞ、と幸利は歩き出した。

「祖父が寝返った、と指摘されただけであの動揺ぶり。さらに追い打ちをかけぬでもよいだろう」

それが唯我独尊と思われている幸利の本質なのだ。

「ワシは存外、優しい男であるぞ」

兵庫の心中を読んだように、幸利が言う。

「そういうことは、ご自身で申されることではござりませんよ」

兵庫の言葉に幸利がカカカと笑った。笑い声に道行く人が振り返る。目立つことこの上ない。

「今日はこのままそぞろ歩きのおつもりですか」

「まあ、黙ってついてこい」

やがて、見知った町並みに差し掛かった。行き先は小石川《こいしかわ》の上屋敷だった。

た。

「お久しゅうございますな」

幸利と『彼の方』が穏やかに挨拶を交わしているのを、兵庫は黙って見守ってい

互いの国の様子や、他の大名家の噂話など、世間話が途切れたとき、幸利が「ところで、少将さま」と呼びかけた。

「引き続き、戸ノ内兵庫を青山家で雇い入れたいが、いかがですかな」

「なぜ、私に聞く?」

「兵庫と通じておることはわかっておりまする。何を調べておいでだったかもおよそ見当がついております。それを不問とする代わりに、引き続きの雇い入れをお許しいただきたい」

「はて……」

兵庫は息を詰めて「兄」の言葉を待った。

「――本人にこの場で聞いてみればいかがかな。どうしたいのか、聡《さと》い兵庫ならば即座に答えられるであろう」

二人の視線が兵庫に向く。幸利は断ったら噛みつくと言わんばかりの顔で、『彼の

方』は自信に満ちた顔で兵庫を睥睨《へいげい》している。

強い目線を受け止め、兵庫は微笑んだ。まず、と幸利に目を向ける。

「大膳亮さま。私は尼崎のことも大膳亮さまのことも何も申し上げてはおりませぬ。密偵などではございませぬ」

次に『彼の方』に呼びかける。

「以前、私は『刀を抜かずに徳川に、世に尽くすことが天命』と偉そうなことを申しましたが、抜いてしまいました。嘘を申したことになります。平にお詫びいたします」

頭を下げた兵庫は、ややあって顔を上げると、すっと背筋を伸ばした。途端、相対する二人は若干の緊張と大いなる期待で兵庫を見守った。

「恐れながら、申し上げます。かように役立たずの未熟者、まだまだ学ぶべきことが多うござりますれば、これより市中にて修業し直すべし、と存じます」

どちらにも与《くみ》しない、と宣言したも同然の兵庫に、二人の殿さまは黙り込んだ。

「では、これにて御免」

笑顔を浮かべた兵庫は素早く膝退し、襖を閉めた。

閉まった襖を見つめていた二人は、どちらからともなく「ふっ」と息を吐いた。

「出たな」

「出ましたな」

兵庫の「恐れながら」が――二人は顔を見合わせて笑った。

「残念ながら、どちらも振られたようにござりますな」

「なんの、大急ぎで逃げていったところを見ると、脈あり、というところだろう」

二人は相手を牽制しつつ、「まあ、此度は痛み分けということで」と無難な結論に達した。

足早に上屋敷を出た兵庫は、誰も追ってこないことを確かめ、肩の力を抜いた。今頃はきっと、早々に逃げ出した兵庫を俎上にのせ、笑い合っているであろうが、構わなかった。

「逃げるが勝ち、だ」

逃げて、己の道を進む。刀を抜かずに人々の、この国を支えるための道を。それが、外記や多聞、そして、自分を守って死んだ祖父母への供養だ。

江戸川まで戻ってきたところで、不意に怒鳴り声がした。河原では相変わらず牢人者がウロウロしており、その中の二人がこぜり合いを始めたのだ。二人は間もなく、仲間らしき男に引き分けられた。

そうだ、この道は——兵庫は足を止めた。ちょうど一年前、サヤと歩いた道だった。サヤから寄進の風呂敷包みを預かり、この少し先で満開の藤の花を見た。今もちょうど藤が満開だった。

ざっと風が吹き、目の前に紫色が広がる。

紫色のその先に、風呂敷包みを持った女が立っていた。口元の黒子、愛嬌《あいきょう》のある丸い目。

兵庫は息を呑んだ。

「……サヤ殿！」

「兵庫さま。用心のため、浄晃寺までご一緒していただけませんか」

「はい」

兵庫は近づくと、サヤから包みを受け取った。その瞬間、指先が一瞬触れた。頰をほんのり染めた二人は並んでゆっくりと歩き出した。

# あとがき

私が青山幸利を知ったのは、平成三十（二〇一八）年のことです。尼崎に所縁《ゆかり》のある資産家の寄付により、城址公園に尼崎城天守が再建されることが決まり（平成三十年完成、三十一年公開）、お城や歴代城主に関するイベントが盛んに行われました。

イベントで取り上げられることが多かった城主が青山幸利。『青大録《せいだいろく》』という言行録があり、群を抜いてエピソードが多い人物です。

幸利の死から約五十年後の享保十七（一七三二）年に出た『青大録』には六十九項目、五十六もの逸話があります。

徳川への忠義ぶりを示すもの以外に、「洗い替えの蒲団すら持たない倹約家。こたつの火で焦がしても使い続けた」「鷹狩の折、昼食の平皿に蜘蛛《くも》が入っていて機嫌が悪くなるが、料理人を咎《とが》めなかった」「大名たちが華美な衣装合戦をしている最中、将軍の意向を汲《く》んで一人だけ地味な衣装を着けた（その後、察した大名たちが地味な衣装に変更）」など、逸話からは幸利の人柄だけでなく、周りの慌《あわ》て様や家臣の感銘ぶりまでもが伝わってきます。

尼崎南部地域の情報誌『南部再生』に『青大録』の一部を現代語超訳することになり、その際、尼崎市立地域研究史料館（当時。二〇二〇年十月に「尼崎市立歴史博物館」に統合）でレクチャーいただきました。逸話から推察される幸利の行動原理や当時の事情をお聴きすればするほど、幸利が登場する話を書いてみたくてたまらなくなったのです。

あれから二年。こうして形になり、ホッとしています。

主人公の戸ノ内兵庫はじめ、登場人物の大半が私の創造ですが、青山幸利やその息子・幸実、大坂城代・青山宗俊や大坂城番・板倉重矩などは実在の人物です。

エピソードにつきましては、大坂城天守の落雷での焼失などの事実に『青大録』の記述（幸利の馬好き、長すぎる鞘《さや》を切った話など）をちりばめておりますので、読み物として楽しんでいただければ幸いです。

『青大録』は、本作で板倉重矩と尼崎城の金の間で面会した桑原茂右衛門の孫・桑原重英が、幸利に仕えた藩士たちから聞き取ったものがベースとされています。口伝のため、また記憶違いのため、史実と異なることもあり、それが逆に創造意欲を刺激することになりました。

その最たるものが川村外記（祖父）です。これは『青大録』で十一項目にわたって記されている山本鉄斎という牢人との面接記録が元になっています。史実と突き合わせると、山本鉄斎が人から聞いたことを我がことのように喋《しゃべ》ったのだろう、としか思えない節があります。幸利もそう思ったらしく、この牢人は雇い入れをされていません。

山本鉄斎が大坂の陣で名乗ったと主張する川村外記を別人として考えると、脇差『切刃貞宗』の存在が浮上してきました。

鉄斎によると、これは豊臣秀頼が大坂城落城前に渡辺紅という武将に拝領した脇差で、紅はこれで切腹し、川村外記が介錯したことになっています。

大坂城落城後、外記は徳川方の重臣・土井利勝に気に入られ、長く仕えています。気に入られたのは、豊臣所縁の『切刃貞宗』を土産にしたからではないか——と想像をたくましくしました。

大坂の陣で焼けた『切刃貞宗』は家康が再刃させ、秀忠へ。秀忠死後は、弟である水戸の徳川頼房に形見分けされたようです。これを息子で高松城主・松平頼重（光圀の実兄）に譲っているのですが、頼重の妻・万姫は土井利勝の娘です。

頼房は、この脇差が土井利勝から献上されたものと知っていたから、それに縁づいている頼重に譲ろうと思ったのではないか――これらの妄想から生まれたキャラクターが、川村外記でした。

史実の隙間を推察し、心の動きや関係性を創造する作業はとても楽しく、時代小説の執筆が初めてで、たびたび腰が引けそうになる私の背中を押してくれました。

最後に――この作品が形になったのは、多数の方々のご協力のおかげです。

特に、アーカイブズ機能を担っている尼崎市立歴史博物館地域研究史料室には大変お世話になりました。アーキビストの方々が歴史相談にのったり、史料についてのアドバイスをしたりしている部署、ということをいいことに、大名の職務や、尼崎―大坂間の移動手段、尼崎城における女性の存在などたくさんの質問を投げかけ、その都度丁寧に教えていただきました。

設定が二転三転するたび、アーキビストの方に「これ、アリでしょうか？」とすがっては困らせてしまいましたが、親身になって相談に乗っていただき、本当に感謝しています。

描写や語句など丁寧にアドバイスくださった龍谷大学REC顧問の髙島幸次先生。

体調と体臭や顔色の関係について教示くださった神戸岩茶荘の羅舟伯先生。鉄斎のエピソードなど、『青大録』を粘り強く分析してくださった直江豊さん。地域研究史料室とのご縁を結んでくださった『南部再生』発行人の若狭健作さん。作品を楽しみにしていると言ってくれた友人たち。

戸ノ内兵庫という主人公が生まれるまで、そして、この作品がきちんと本になるまで辛抱強く付き合ってくださった担当さんたち。他にも多くの方に支えていただきました。ありがとうございます。

また、諸先輩方の作品や論文、史料などは欠かすことのできない存在でした。末筆ながら、感謝申し上げます。

この作品が、尼崎藩や青山幸利に新たな興味を持つきっかけになれば、尚、嬉しく思います。

【参考文献】

「青大録」（国立公文書館所蔵）
※国立公文書館デジタルアーカイブ（最終閲覧日：令和三年六月十二日）
https://www.digital.archives.go.jp/
「青大実録」（『郡上八幡町史』）
尼崎藩家臣団データベース〝分限〟（最終閲覧日：令和三年六月十二日）
www.archives.city.amagasaki.hyogo.jp/digital/bungen/
『尼崎城研究資料集成』（尼崎市教育委員会）
尼崎市立地域研究史料館紀要『地域史研究』第一一九号
『大坂城代記録』一～八（大阪城天守閣）
『宮津市史 通史編』（宮津市）
『幕府奏者番と情報管理』（国文学研究資料館 史料館）
『定本 名将言行録』（岡谷繁実）
『殿様の通信簿』（磯田道史）
『水戸光圀』（童門冬二）
『徳川光圀』（鈴木暎一）

【取材協力（敬称略）】
尼崎市立歴史博物館 地域研究史料室（あまがさきアーカイブズ）
尼崎城
高島幸次（龍谷大学ＲＥＣ顧問）
羅舟伯（神戸岩茶荘）
直江豊

本書は文庫書下ろし作品です。

|著者|谷口雅美　神戸女学院大学卒業。「99のなみだ」「最後の一日」「99のありがとう」などの短編小説集に参加。2016年、第44回創作ラジオドラマ大賞に佳作入選し、翌年NHKラジオ「FMシアター」にて入選作『父が還る日』放送。2017年『大坂オナラ草紙』で第58回講談社児童文学新人賞佳作入選。著書に『教えて、釈先生！子どものための仏教入門』（釈徹宗氏と共著）『泣き虫マジシャンの夢を叶える11の物語』『私立五芒高校 恋する幽霊部員たち』など。2011年よりFM尼崎「8時だヨ！神さま仏さま」のアシスタントを務める。兵庫県尼崎市在住。
ブログ：http://blog.taniguchi-masami.com/

殿《との》、恐《おそ》れながらブラックでござる
谷口雅美《たにぐちまさみ》


2021年8月12日第1刷発行

発行者——鈴木章一
発行所——株式会社　講談社
東京都文京区音羽2-12-21　〒112-8001
電話　出版（03）5395-3510
　　　販売（03）5395-5817
　　　業務（03）5395-3615
Printed in Japan

講談社文庫
定価はカバーに
表示してあります

KODANSHA

デザイン—菊地信義
本文データ制作—講談社デジタル製作
印刷———豊国印刷株式会社
製本———株式会社国宝社



ISBN978-4-06-524538-5

# 講談社文庫刊行の辞

二十一世紀の到来を目睫に望みながら、われわれはいま、人類史上かつて例を見ない巨大な転換期をむかえようとしている。

世界も、日本も、激動の予兆に対する期待とおののきを内に蔵して、未知の時代に歩み入ろうとしている。このときにあたり、創業の人野間清治の「ナショナル・エデュケイター」への志を現代に甦らせようと意図して、われわれはここに古今の文芸作品はいうまでもなく、ひろく人文・社会・自然の諸科学から東西の名著を網羅する、新しい綜合文庫の発刊を決意した。

激動の転換期はまた断絶の時代である。われわれは戦後二十五年間の出版文化のありかたへの深い反省をこめて、この断絶の時代にあえて人間的な持続を求めようとする。いたずらに浮薄な商業主義のあだ花を追い求めることなく、長期にわたって良書に生命をあたえようとつとめるところにしか、今後の出版文化の真の繁栄はあり得ないと信じるからである。

同時にわれわれはこの綜合文庫の刊行を通じて、人文・社会・自然の諸科学が、結局人間の学にほかならないことを立証しようと願っている。かつて知識とは、「汝自身を知る」ことにつきていた。現代社会の瑣末な情報の氾濫のなかから、力強い知識の源泉を掘り起し、技術文明のただなかに、生きた人間の姿を復活させること。それこそわれわれの切なる希求である。

われわれは権威に盲従せず、俗流に媚びることなく、渾然一体となって日本の「草の根」をかたちづくる若く新しい世代の人々に、心をこめてこの新しい綜合文庫をおくり届けたい。それは知識の泉であるとともに感受性のふるさとであり、もっとも有機的に組織され、社会に開かれた万人のための大学をめざしている。大方の支援と協力を衷心より切望してやまない。

一九七一年七月

野間省一

講談社文芸文庫

成瀬櫻桃子
# 久保田万太郎の俳句
解説＝齋藤礎英　年譜＝編集部

小説家・劇作家として大成した万太郎は生涯俳句を作り続けた。自ら主宰した俳誌「春燈」の継承者が哀惜を込めて綴る、万太郎俳句の魅力。俳人協会評論賞受賞作。

なV1
978-4-06-524300-8

水原秋櫻子
# 高濱虚子　並に周囲の作者達
解説＝秋尾　敏　年譜＝編集部

虚子を敬慕しながら、志の違いから「ホトトギス」を去り、独自の道を歩む決意をした秋櫻子の魂の遍歴。俳句に魅せられた若者達を生き生きと描く、自伝の名著。

みN1
978-4-06-514324-7

## 講談社文庫　目録

芥川龍之介　藪の中
有吉佐和子　新装版 和宮様御留
阿刀田　高　ナポレオン狂
阿刀田　高　新装版 ブラック・ジョーク大全
相沢忠洋　「岩宿」の発見〈幻の旧石器を求めて〉
鮎川哲也　りら荘事件
赤川次郎　偶像崇拝殺人事件
赤川次郎　人間消失殺人事件
赤川次郎　三姉妹探偵団
赤川次郎　三姉妹探偵団2〈キャンパス篇〉
赤川次郎　三姉妹探偵団3〈珠美・初恋篇〉
赤川次郎　三姉妹探偵団4〈怪奇篇〉
赤川次郎　三姉妹探偵団5〈復讐篇〉
赤川次郎　三姉妹探偵団6〈危機一髪篇〉
赤川次郎　三姉妹探偵団7〈駈け落ち篇〉
赤川次郎　三姉妹探偵団8〈人質篇〉
赤川次郎　三姉妹探偵団9〈青ひげ篇〉
赤川次郎　三姉妹探偵団10〈父恋し篇〉
赤川次郎　死が小径をやってくる〈三姉妹探偵団11〉
赤川次郎　死神のお気に入り〈三姉妹探偵団12〉
赤川次郎　次女と野獣〈三姉妹探偵団13〉
赤川次郎　心地よい悪夢〈三姉妹探偵団14〉
赤川次郎　ふるえて眠れ、三姉妹〈三姉妹探偵団15〉
赤川次郎　三姉妹、呪いの道行〈三姉妹探偵団16〉
赤川次郎　三姉妹、初めてのおつかい〈三姉妹探偵団17〉
赤川次郎　恋の花咲く三姉妹〈三姉妹探偵団18〉
赤川次郎　月もおぼろに三姉妹〈三姉妹探偵団19〉
赤川次郎　三姉妹、ふしぎな旅日記〈三姉妹探偵団20〉
赤川次郎　三姉妹、清く貧しく美しく〈三姉妹探偵団21〉
赤川次郎　三姉妹と忘れじの面影〈三姉妹探偵団22〉
赤川次郎　三姉妹、舞踏会への招待〈三姉妹探偵団23〉
赤川次郎　三人姉妹殺人事件〈三姉妹探偵団24〉
赤川次郎　三姉妹、さびしい入江の歌〈三姉妹探偵団25〉
赤川次郎　静かな町の夕暮に
赤川次郎　キネマの天使〈レンズの奥の殺人者〉
泡坂妻夫　花火と銃声
新井素子　グリーン・レクイエム〈新装版〉
安能務 訳　封神演義　全三冊
安西水丸　東京美女散歩
綾辻行人　黄昏の囁き
綾辻行人　殺人方程式〈切断された死体の問題〉
綾辻行人　鳴風荘事件 殺人方程式II
綾辻行人　十角館の殺人〈新装改訂版〉
綾辻行人　水車館の殺人〈新装改訂版〉
綾辻行人　迷路館の殺人〈新装改訂版〉
綾辻行人　人形館の殺人〈新装改訂版〉
綾辻行人　時計館の殺人〈新装改訂版〉
綾辻行人　黒猫館の殺人〈新装改訂版〉
綾辻行人　暗黒館の殺人　全四冊
綾辻行人　びっくり館の殺人
綾辻行人　奇面館の殺人(上)(下)
綾辻行人　どんどん橋、落ちた〈新装改訂版〉
綾辻行人　緋色の囁き〈新装改訂版〉
綾辻行人　暗闇の囁き〈新装改訂版〉
綾辻行人ほか　7人の名探偵
我孫子武丸　探偵映画
我孫子武丸　新装版 8の殺人

2021年6月15日現在